SIEMPRE ESTÁ
LA SOLEDAD

SIEMPRE ESTÁ LA SOLEDAD

Compañía de todos

OBRA ANTOLÓGICA

Escrita por:

Juan Martínez

Néstor Eduardo Castillo Arroyo

Ariadna Posadas Reyes

Sebastián Vargas Monsalve

Jeisson Fabián Murcia Martínez

Mariana Mc Ewen Sierra

Marcela Espitia

Sandra Cáceres

Luis Gerardo Baltazar González

Diana Paola Castillo Pereira

Dana Camila Troncoso Pulido

Nathalia Nieto Ayala

Heidy Katerine Franco Vasquez

Ángela Rocío Pachón Pinilla

Laura Gutiérrez Pérez

Miguel Huertas

Yohana Gavilán

Hans Nicolaysen Sánchez

Angélica Restrepo Pérez

Diana Cristina Calle Castañeda

Jeisson Perdomo

Daniel Rodríguez

Flor Esperanza Saavedra Parra

Sandra Gabriela Bohórquez Villamil

Yulieth Melissa Rodríguez López

Mariana Montenegro Barrera

Andrés Felipe Pinilla Baquero

Davison Ardila Zapata

Laura Esperanza López Guarín

Jorge Andrés Beetar Carrero

Siempre está la soledad

©Juan Martínez, ©Néstor Eduardo Castillo Arroyo, ©Ariadna Posadas Reyes, ©Sebastián Vargas Monsalve, ©Jeisson Fabián Murcia Martínez, ©Mariana Mc Ewen Sierra, ©Marcela Espitia, ©Sandra Cáceres, ©Luis Gerardo Baltazar González, ©Diana Paola Castillo Pereira, ©Dana Camila Troncoso Pulido, ©Nathalia Nieto Ayala, ©Heidy Katerine Franco Vasquez, ©Ángela Rocío Pachón Pinilla, ©Laura Gutiérrez Pérez, ©Miguel Huertas, ©Yohana Gavilán, ©Hans Nicolaysen Sánchez, ©Angélica Restrepo Pérez, ©Diana Cristina Calle Castañeda, ©Jeisson Perdomo, ©Daniel Rodríguez, ©Flor Esperanza Saavedra Parra, ©Sandra Gabriela Bohórquez Villamil, ©Yulieth Melissa Rodríguez López, ©Mariana Montenegro Barrera, ©Andrés Felipe Pinilla Baquero, ©Davison Ardila Zapata, ©Laura Esperanza López Guarín y ©Jorge Andrés Beetar Carrero.

www.itaeditorial.com

ISBN: 9798361684502

Sello: Independently published

2022

Publicado en Colombia

Páginas: 175

Diseño de portada: ©ITA Editorial
Diseño de composición de portada: ©Sandra Hincapié
Fotografía de portada: ©Degroot.Stock

ÍNDICE

Prólogo 11

Recuerdos de Bob 13

    Por Juan Martínez 13

La muerte y el inmortal....................................37

    Por Néstor Eduardo Castillo Arroyo.................... 37

Inframundo 45

    Por Ariadna Posadas Reyes.................................. 45

Cigarrillo 47

    Por Sebastián Vargas Monsalve............................ 47

Abrazo explosivo 56

    Por Jeisson Fabián Murcia Martínez..................... 56

Soledad, cuestión de perspectiva...................59

    Por Mariana Mc Ewen Sierra................................ 59

Soledad 81

    Por Marcela Espitia 81

El dolor de mi soledad.....................................82

    Por Sandra Cáceres 82

Mariposas al vuelo 84

    Por Luis Gerardo Baltazar González 84

Sentido 101

    Por Diana Paola Castillo Pereira 101

Esta princesa no es real 102

    Por Dana Camila Troncoso Pulido 102

Sentimientos en soledad.................................... 106

Por Nathalia Nieto Ayala....................................106

Uno más en soledad 108

Por Heidy Katerine Franco Vasquez 108

Ella.. 115

Por Ángela Rocío Pachón Pinilla........................115

En la licuadora... 117

Por Laura Gutiérrez Pérez..................................117

Vacío 118

Por Miguel Huertas..118

Dos poemas 119

Por Yohana Gavilán 119

Microrrelatos en cuatro actos: El destino de la Soledad
.... 124

Por Hans Nicolaysen Sánchez 124

Siento 145

Por Angélica Restrepo Pérez...............................145

Mírame... 146

Por Diana Cristina Calle Castañeda....................146

Pornificación... 148

Por Jeisson Perdomo..148

Observo.. 149

Por Daniel Rodríguez...149

Soledad inesperada...................................... 151

Por Flor Esperanza Saavedra Parra.....................151

Corolaria melancolía **153**

Por Sandra Gabriela Bohórquez Villamil 153

Soledad, me gusta, pero a veces duele........................**155**

Por Yulieth Melissa Rodríguez López................................. 155

Luces apagadas...**161**

Por Mariana Montenegro Barrera.. 161

(Des)apreciada soledad **164**

Por Andrés Felipe Pinilla Baquero 164

En la soledad...**166**

Por Davison Ardila Zapata.. 166

Acompañada siempre de ti, soledad..........................**168**

Por Laura Esperanza López Guarín..................................... 168

El vacío de sentirse ausente.....................................**175**

Por Jorge Andrés Beetar Carrero.. 175

Prólogo

Escribir es una de las tantas actividades que se desarrolla, la gran mayoría de veces, en soledad; hacerlo es conversar con uno mismo, escudriñarse, rebuscar en el fondo y ordenar todo aquello que queremos decir y que no sale hasta que hay un verdadero encuentro con nosotros. Escribir nos ayuda a descubrir que somos uno con la soledad, que ella, sobre todo, nos permite diversas formas de la creatividad. El escritor, y también el lector, acepta la soledad como un regalo que posibilita la introspección y la reflexión, necesarias en la escritura.

Sin embargo, se debe reconocer que también hay soledades profundas, dañinas, y que la fuerza para despedirse de estas, en un mundo que propende cada vez a aislarnos, es escasa. Ya decía Gustavo Adolfo Bécquer que "La soledad es muy hermosa, cuando se tiene alguien a quien decírselo". No hay mejor soledad que aquella que compartimos.

Este libro es una compilación de los textos ganadores de la convocatoria del mes de mayo de ITA Editorial, en el que quisimos sumar soledades. *Siempre está la soledad* es el lugar donde diversas voces hallan un espacio de intimidad para hacerse manifiestas: historias y relatos de hombres y mujeres solitarios que ya no lo estarán más, las letras son su gran compañía.

En ITA Editorial creemos que la escritura es un lugar para el encuentro, pues a la vez que permite situarnos en un espacio de deshago, esta busca, además, espacios de socialización que nos hacen sentir que la soledad es una experiencia humana compartida y, bajo esta premisa, nunca estaremos solos.

Recuerdos de Bob

Por Juan Martínez

Sin duda alguna, Delicias era un bonito nombre para cualquier lugar. El pueblo, pequeño y frío, erguido sobre la abrupta cordillera, arrullaba plácidamente entre la niebla a locales y visitantes. Los primeros rayos de sol estaban aún distantes de irrumpir en el oscuro firmamento cubierto de una multitud de estrellas. Por entre el vaho y la bruma, se colaban destellos de luces que venían del otro lado del río acompañados de sonidos de motores lejanos y sordos. En uno de estos autos viajaba Bob.

Era la primera vez que pisaba estas tierras y no dejaba de maravillarse con todo aquello que inundaba sus vistas. La frescura del aire y el perceptible esfuerzo del campero por avanzar entre la montaña le hacían sentir distante de la ciudad. Bob llevaba un largo tiempo sin salir de la metrópolis. Nada más allá de un día de campo en un domingo soleado. Así que, cruzar fronteras a sus 65 años, recién cumplidos, para visitar Delicias era, sin duda alguna, una enorme aventura. Con el pasar de los minutos, algunos gallinazos, que serían zamuros en contados kilómetros, iniciaban sus patrullajes aéreos en busca de alimento al tiempo que se iluminaba una pequeña franja de cielo con una sonrisa extensa que se iba ensanchando poco a poco. Los ojos de Bob estaban absortos en el horizonte que empezaba a colorearse y se sorprendía, de cuando en cuando, por la nitidez con que lograba divisar el contorno de aquella verde mujer milenaria.

—Cómo se llama por acá —preguntó al conductor.

—Esto todavía es Norte.

Muy a pesar de lo que sentía mientras iba en la cabina del viejo campero, la idea de viajar a Delicias desagradó a Bob en el momento de su concepción. El calendario marcaba el segundo día de octubre. Esa mañana, sin ninguna intención de hacerlo, Bobby recordó que era su cumpleaños.

—Feliz cumpleaños —se dijo entre dientes con notable desdén.

Le acompañaban unos elementos de aseo, un escritorio colmado de documentos, una silla giratoria y algo, o más bien casi nada, en la despensa. El cómodo apartamento que habitaba desde hacía varios años en el corazón de la capital se acostumbraba de a poco a la novedosa situación de encontrarlo, así mañanas, así tardes y noches, en soledad. Preparando café, bebiéndolo, aspirando cada lastimero y adictivo sorbo. Pasando las horas inmóvil en el sillón, sin pronunciar palabra. Era el primer cumpleaños solo. El amor había dejado de sonreír en el 1303 de la Torre Farnaese. Sucedió tal como en los versos del poeta Montevideano: fue una hecatombe de esperanza, un derrumbe de algún modo previsto. Sus hijos, provenientes de matrimonios expirados, dolorosa hemeroteca, colección de fracasos, hacía ya mucho tiempo que llevaban vidas apartadas del padre.

Los recuerdos lejanos de las voces infantiles llegaron. Cantaron la canción del cumpleaños feliz, te deseamos a ti, hasta el año… Varias décadas habían pasado desde aquel entonces. Ahora, la casa grande de San José, en donde habían nacido Bob y sus hermanos muy cerca de Norte, el pueblito fronterizo, no albergaba humano alguno y solo era habitada por la maleza. La guerra o la fuerza del suelo, mal podrían ser las dos cosas en algunos desventurados lugares, tienen la capacidad de generar este tipo de abandonos, este naturarse, en cualquier punto del globo. Poético y antipoético. No importa el orden. Tampoco si se dan en simultánea, bajo el fusil o el desastre, las dos categorías, ora devastando pueblos, ora reviviendo el monte.

Dos gotas saladas rodaron por sus mejillas hasta llegar a la boca mientras apretaba los párpados con fuerza. No era hombre de llorar, pero estaba solo y con el paso de los años se había acostumbrado a la compañía. Primero en su hogar, con sus padres y sus hermanos cuando era un niño. Luego, recorriendo el mundo de la mano de Bonnie, quien le otorgó la dicha de hacerlo padre por vez primera. Lejos de San José vieron crecer a sus dos hermosas hijas. Los años que vivieron en esas apartadas latitudes fueron de tan extasiada felicidad para la recién conformada familia que nadie hubiera podido advertir la repentina enfermedad de Bonnie, ni el inmenso vacío que dejaría en Bob y las niñas la partida de la matriarca. Si bien la vida no terminó ahí, la decisión de volver a San José les afectó a todos y solo después de varios años lograron acoplarse de nuevo a la cotidianidad del pequeño y soleado municipio.

Una década después de su regreso, Bob se casó de nuevo. De ese hogar nació Martín. Un niño de tez blanca, al igual que la madre, y de orejas muy notorias, al igual que el padre. A los pocos años el idilio terminó y Bob se entregó por completo a su trabajo. La vida le sonrió y pudo salir de San José. Se mudó a la capital y allí volvió a casarse. Con la forzosa intención de regresar al presente, secó las lágrimas de su compungido rostro, aclaró la garganta y se acomodó la camisa sacudida por las emociones. Justo cuando iba a dejar el sillón para ponerse en pie, un campaneo incesante quebró la quietud del recinto. Sobre el escritorio, debajo de un gigantesco cúmulo de documentos, un viejo teléfono gris pedía a gritos que lo tomaran.

—Aló —un silencio profundó intentó replicar al otro lado de la línea. De seguro Bob hubiese colgado el teléfono de no haber sido su cumpleaños—. Aló —volvió a decir.

—Papá —replicó la voz del otro lado de la línea—. Habla Martín. ¿Qué más? Feliz cumpleaños, viejo. Ha sido tiempo sin saber de usted.

—Y de ti —dijo Bob entre la sonrisa y el llanto—. Gracias por llamar cada dos años.

—Lo siento, padre, hace tiempo no usaba un teléfono, ni una computadora. La vida ha cambiado, pero quería hablarle, decirle que feliz día, que lo quiero y que…

—Y qué, dime, hijo —preguntó Bob con notable interés.

—Me voy a casar, padre, en tres días, la boda será en Delicias —Bob recordó el matrimonio con la madre de Martincito. También habían decidido traspasar las fronteras y llevarla a cabo en el país vecino, muy cerca de Delicias.

—¿Hasta ahora me avisas? —musitó Bob sin dar lugar a meditaciones acerca lo cíclico de la vida ni de las repeticiones aleatorias de los acontecimientos.

—Pensé que no le interesaría venir, llegar hasta acá no es fácil —añadió el primogénito.

—Martín, he hecho cosas más difíciles que atravesar el país andando. ¿Qué te crees?

—Entonces, ¿quiere venir? —preguntó Martín con voz alegre.

—Puedo partir mañana. Dime cómo llegar —imperó Bob para denotar su intención definitiva.

Martín quiso preguntar a su padre acerca de esa repentina decisión; presentía que algo no estaba bien, pero no se atrevió. Bob también advirtió la intención. Estuvo a punto de contarle lo que había pasado con su matrimonio, pero, aseverando que era una conversación entre cobardes, se contuvo. En una de sus tantas libretas de hojas doradas y tapa negra, usando el estilógrafo que le habían regalado en la oficina la última navidad antes de su jubilación, Bob escribió las indicaciones del camino que cuidadosamente le dio su hijo. De la capital a ciudad Sur. De ahí a San José. Luego a Norte, el pequeño pueblo fronterizo adentrado en la cordillera. Después, el río. Y después del río, Delicias.

—Ya está, hijo, partiré mañana antes del amanecer.

—No puedo creer que vendrá. Gracias, padre. Qué detallazo —dijo Martín visiblemente conmovido mientras con la mano derecha apretaba sutilmente el muslo de su prometida quien atendía a la conversación sentada junto a él.

—Nos vemos pronto, hijo —finalizó Bob.

Colgaron al tiempo, en sincronía, acompasados por la sangre. Los dos, a la vez, salieron de la llamada con una emoción tan alegre que sintieron ganas, ambos, de llamarse de nuevo, pero en tierra de cobardes no hubo lugar para la osadía.

Tal como le había prometido a Martín, mucho antes de que saliera el sol del día siguiente al de sus santos, Bob inició el camino a la frontera. Empacó algunas cosas necesarias en una maleta negra de rueditas y de buena calidad. Tomó con prisa su gorda billetera de cuero que estaba sobre la lujosa mesa transparente y salió de casa. Ascendió a su camioneta, tocó el botón de encendido, pisó el acelerador y atravesó el altiplano a toda velocidad. Las llantas se deslizaron chillando por entre las curvas del cañón, mientras grandes rebaños de cabras estaban apostados a lado y lado de la carretera bajo un sol incandescente.

No paró hasta llegar a Ciudad Sur, una mágica meseta en el oriente del país rodeada de montañas escabrosas con un clima cálido que invitaba a la algarabía. En sincronía con la humedad y lo amarillo del paisaje, el reloj marcaba el mediodía. Acababa de llegar a Sur, y el viaje hacia Norte apenas empezaba. Devoró un humeante trozo de carne asada en un dos por tres. Acabó con el colorado arroz de pimentón antes de atacar la ensalada fresca con colores refrescantes que invitaban a comerla. Miró de reojo las tres papas cocidas dispuestas al costado de la bandeja rectangular antes de apartarla, sin probarlas, y beber de un sorbo la Coca—Cola de vidrio. Su mente estaba en la carretera. Así que, sin perder tiempo, salió del restaurante y puso el motor en marcha.

Algunos minutos habían pasado, pero el calor seguía siendo el mismo. Al atravesar el casco urbano de Ciudad Sur, el tráfico se hizo denso y por momentos la temperatura se tornó insoportable. Sudaba a cántaros mientras más luces rojas aparecían delante. Aunque estuvo a punto de hacerlo cerca de una decena de veces, no hizo sonar el claxon y esperó pacientemente hasta atravesar la ciudad, desde el pie, hasta el morro. Antes de tomar la vía internacional, hizo memoria sobre las anotaciones que había tomado en la libreta: Sur, San José, Norte. La carretera no dio tregua para seguir pensando.

Pasó por el páramo. Hacía frío, pero Bob se sintió a gusto. Estaba acostumbrado ya a grandes alturas. Curvas, vacas, ovejas, frutas, frescas fresas, truchas arco iris, fincas, tierra, alguna porción de planeta. La montaña no acababa nunca. Pero acabó. En menos de lo que pensaba volvió el calor. Casi sin pisar el freno, bajó de lo alto de la cordillera y se fue adentrando en la ciudad de San José. El sol de la tarde golpeaba con fuerza los techos del colegio en donde solía estudiar cuando era un pequeño infante. El parque del pueblo, aunque visiblemente modernizado, aún conservaba la banca de madera situada debajo del gran árbol de mango, donde, con la excusa común de encontrar una sombra en estas áridas latitudes, surgieron las primeras conversaciones entre Bonnie y Bob.

Más allá de la remembranza, su rostro grave no varió. Quizá no pensó en nada por momentos, solo superó la abrigada y amarilla localidad para tomar la precaria carretera que lo llevaría al pueblo fronterizo de Norte, donde debía dejar su auto guardado para tomar un transporte que lo llevaría, a través de la montaña, al otro lado del río. Las escalas de los viajes son pequeños finales de este. Así mismo, a continuación, tras elongar piernas, cuello y espalda, justo después de tomar un café o una agua panela y comer algún pan de queso, un paquete de papas de pollo y unas galletas Festival, las escalas o paradas son pequeños comienzos.

Dejó atrás San José y el andar se hizo corto, breve, fugaz, como queriendo que caducara pronto aquella sustantivación, como agobiado, el andar, de su cárcel siendo significante del trayecto, con intención expresa, el andar, de dejar de ser en sí mismo. Cuando por fin alcanzó la pequeña población de Norte, el reloj marcaba las cinco de la tarde y el cielo avanzaba en la colorida contorsión del ocaso. El cansancio era evidente en los ojos de Bob.

—¿Dónde estará mi padre? —se preguntaba Martín restregándose los párpados—. Debería quedarse en Norte esta noche y pasar la frontera mañana —se dijo, mientras su padre, ya cercanos sus espíritus que alguna vez fueron él mismo, descargaba la moderna maleta de rodachines en el único hostal de la población limítrofe.

La cordillera se había oscurecido, ya no se apreciaban las siluetas irrepetibles de las majestuosas montañas que rodeaban, a lado y lado de la frontera, a Martín y a Bob. En simultáneo con la despedida de la luminosidad natural, nuestros personajes, aunque por motivos diferentes, decidieron descansar.

Sara y Martín habían compartido muchas cosas juntos durante largos años. Se habían conocido en la universidad, una década atrás. Las cosas nunca fueron fáciles hasta que decidieron cruzar el borde y radicarse en Delicias. Allí habitaban una hermosa casa, construida hacía más de cien años por los abuelos de Sara, que atravesaba la manzana desde adelante hasta atrás. Cultivaban la tierra y eran comerciantes, al tiempo que criaban a sus dos hijos. Aunque la vida del otro lado, este lado ahora, era tosca y dura, ver a los chiquillos crecer entre la naturaleza resultaba demasiado apremiante. Tenían perros bulliciosos que les acompañaban y cacareantes aves que les alimentaban. La tierra era fértil y la comida no escaseaba.

En el pueblo no estaban solos. Los padres, hermanos y sobrinos de Sara vivían todos en la casa. Tres generaciones bajo un mismo techo. Era una familia muy unida. De una u otra manera, Martín lograba integrarse muy bien en ella. La madre de Sara se encargaba de todos los preparativos para la ceremonia, las flores, el vestido, los invitados, el licor. El padre se mostraba muy contento. Tenía una sonrisa de oreja a oreja y comentaba, mientras abrazaba a su hija y a sus nietos, que ya era hora de formalizar las cosas. Los familiares de la novia, todos muy cercanos a la pareja, estaban emocionados con la idea del casamiento. De los parientes del novio podríamos decir casi con certeza que asistiría su padre.

El sonido de la alarma digital emergió del móvil a las cuatro en punto. Invadió el hotelito y llegó, debido al silencio del poblado, hasta la estación de policía sobresaltando a un adormecido centinela. Bob era dulce para los mosquitos y las zancudas. Además de las picaduras, el largo viaje del día anterior había afectado su espalda y sus piernas en donde sentía leves punzadas.

"Ya estoy viejo", pensó, mientras crepitaba sus dedos y se estremecía como un gato. El frío matutino, propio de los pueblos dispuestos en lo alto de la cordillera, no le permitió darse una reparadora ducha. Con el mismo semblante que trajo de la capital se vistió y salió del hostal arrastrando la maleta negra de rueditas que taconeaba sin compás alguno entre las empedradas y aún oscuras calles del municipio.

Mientras bajaba por la empinada vía que lo conducía al parque en donde Martín le dijo que conseguiría el transporte hacia el otro lado de la frontera, observó con detalle las casas altas, estrechas y escalonadas. Todas idénticas: gran puerta en madera, de esas de tocar con aldabón y de abrir de par en par. Sobre la entrada, una protuberancia con un balconcito rústico, ideal para que una mujer recibiera una serenata, emergía de la fachada. Pensó en Bonnie, y en los acordes de guitarra y las canciones que, enamorado, solía interpretar de joven en frente de su casa. Se sentía nostálgico en demasía, algo raro en un hombre de su carácter. No comprendía en absoluto que estaba experimentando el síndrome del viajero, trayendo a Latinoamérica el espíritu de Marie–Henri Beyle, el gran Stendhal, estando, entonces, alteradas y aumentadas las emociones, junto con la sensibilidad. En un hombre tan metódico como Bob era lógico que no reconociera su condición de inmediato. Mas, a la par del avanzar del día, fue mejorando su comprensión de los síntomas.

En la única esquina iluminada del parque se encontraba estacionado un *jeepcito* longevo, de un color que distaba de todo lo conocido, el cual Bob no se esforzó en identificar. Conversó unos minutos con el conductor, un hombre moreno de bigote y sombrero que lo observaba de arriba a abajo mientras mordía un palillo y respondía monosílabos. Acordaron el precio y rompieron por algunos instantes la soledad del pueblo.

—No hay más pasajeros. Vamos —dijo el hombre.

—Vamos —replicó Bob, quien estaba sentado, muy juicioso, en el asiento del copiloto desde hacía unos instantes.

El motor se puso en marcha y el carro empezó a descender por la larga calle que conducía hacia el otro lado de la frontera. Y así, a vuelta de rueda, a bordo de un *jeep* de un color no inventado aún, el chofer moreno con su bigote y Bob con sus 65 años recién cumplidos, absorto en lo que inundaba sus córneas, fueron dejando atrás el parque, las casas flacas, la plaza de toros y el matadero hasta salir de Norte para encontrarse en el mismo boscoso y frío lugar, frente al rayar del alba, bajo la vigilancia de los carroñeros, que vio nacer este relato.

—Ya vamos a llegar al puente. *Porai* diez minuticos —dijo el hombre. El reloj del móvil marcaba las cinco y veinte de la mañana—. Al otro lado de la frontera ya van a ser las seis y media, patrón —adicionó el bigote con sombrero al asunto del tiempo y las horas.

—Ah, sí. Cierto que es una hora más —repuso Bob.

—Usted no conoce por acá —preguntó el conductor.

—No. Primera vez que vengo. Mi hijo va a casarse en Delicias —especificó el viajero.

—¿Usted es el papá de Martín? —preguntó el hombre.

—Así es —dijo Bob, estrechando la mano ofrecida que levitaba en el aire de la cabina mientras el hombre sonreía y ahondaba en la conversación sin reparar en el camino que tenía delante.

La bruma se había despejado y ya no era necesario usar luces halógenas. El campero rodaba en lo bajo de la montaña. Hacía frío, pero no tanto como en Norte. Bob podía escuchar el agua del río correr y chocar contra las piedras. Cuando llegaron al puente que estaba sobre el turbulento caudal, unos hombres con aspecto militar se acercaron a la ventanilla.

—Es el papá de Martín —dijo el chofer—. Viene para el matrimonio. Déjeme pasar para llevarlo a la casa.

—¿El papá de Martín? —preguntó el oficial—. Bienvenido —prosiguió sin esperar respuesta mientras le alargaba la mano extendida. Bob la estrechó y le devolvió una sonrisa.

—Acá todos somos amigos —dijo el conductor mientras el soldado se apresuraba a despejar el paso por el puente. Bob agradeció a los guardias levantando su mano. Fue correspondido. El campero ya rodaba del otro lado—. Es media horita de subida y llegamos, jefe —aclaró el hombre, insistiendo en el tópico del tiempo y las horas, recurrente en los viajes.

—Siempre es lejitos —repuso Bob.

—No. Es cerquita —divergió el hombre sacudiendo su bigote—. Lo que pasa es que toca darle la vuelta a la montaña, y, para completar, no se puede andar duro.

—No, pero, ¿andar duro? ¿Cómo? —finalizó el citadino.

Después de estas palabras se estableció una pausa en la comunicación que el correcto de Bob aprovechó para imaginar a los borrachos del pueblo conduciendo sus vehículos, camiones viejos, automóviles con las ruedas lisas, motocicletas sin licencia, nunca bicicletas, no, nunca, a alta velocidad por estas laderas escabrosas. "Casi un suicidio", pensó. No concebía la idea de que Martín hubiera cambiado la comodidad de la ciudad, un buen trabajo, el reconfortante cheque a fin de mes, por estas dificultades tan propias de lo rural.

Estando Bob aún meditabundo asomaron las primeras casas del pueblo. A diferencia de las de Norte, todas ellas carecían de una arquitectura común y en su disposición espacial no estaban ni escalonadas, ni barajadas, sino al azar, con variaciones enormes tras cada reverso de las paredes, con arquitecturas en extremo personales. La inclinación del terreno no menguaba. Última curva. El motor hizo su trabajo.

—¡Ya estamos en Delicias! —exclamó el conductor del *jeepcito* mientras se santiguaba.

A la izquierda, el precario estadio del pueblo saludó a Bob con su balón gigante, que de tener ojos divisaría hasta un punto muy lejano de aquella inagotable cordillera. Un parque infantil inusual y, luego, las casas que se inclinaban a lado y lado recibiendo al visitante en la calle principal que finalmente desembocaba en el parque.

—¿Va para donde Martín? —preguntó el conductor al tiempo que detuvo la marcha completamente.

—No sé dónde vive —repuso el foráneo con aire avergonzado. El hombre sonrió efusivamente y apuntando con el palillo que antes estaba en sus dientes le indicó a Bob la casa de la familia de Sara.

Bob pagó el dinero acordado, dio las gracias y se despidieron estrechando nuevamente sus manos. Las rueditas de la maleta irrumpieron en la silenciosa atmósfera que cobijaba el pueblo. Desde el parque tuvo que deslizarse media calle para finalmente alcanzar la puerta que señaló el palillo mordisqueado. Buscó el timbre, mas solo halló el aldabón. Toc–toc. Toc–toc–toc. Levantó la mirada. En el frente de la casa una gran inscripción lo hizo retroceder unos pasos para alcanzarla por completo con sus ojos: SE VENDE POLLO. Mientras recorría los caracteres, alguien movió la tranca del otro lado de la puerta que se abrió por mitad.

—Buenas —saludó—, me dijeron que acá vivía Martín. Yo soy Bob.

—Ah. Buenas. Martín nos dijo que venía. Usted es el papá, ¿cierto? —preguntó la mujer. La cara era completamente desconocida para él, pero la calidez de la voz le hizo sentirse en familia.

—Sí. Yo soy —dijo Bob mientras sonreía con cierta sensación de orgullo en sus adentros.

—Martín no está, pero siga para que desayune.

A la cara que estaba asomada la acompañó una mano que corrió unas cuantas cerraduras más para finalmente abrir la puerta de par en par.

—Bienvenido, siga que está en su casa.

—Gracias, mi señora —replicó Bob admirado.

—¿Cómo le fue en el viaje?

Bob relató el largo recorrido que había hecho hasta allí sin omitir detalles ni pormenores. El recuento de los sucesos abarcó el tiempo suficiente para que disfrutara de un delicioso caldo de huevo con arepa de maíz *pelao'*, acompañado de tinto y un buen jugo de naranjas recién exprimidas, algo más ácidas que los cítricos de tierra caliente, pero él ya estaba acostumbrado a tal gusto.

—Le quedó delicioso, mi señora —dijo Bob sintiéndose en confianza mientras se levantaba de la mesa con los platos en la mano.

—No se vaya a poner a lavar —dijo la madre de Sara.

—Muchas gracias, de nuevo, mi señora.

Después de agradecer preguntó por la hora, frenética y abominable costumbre, en que regresaría Martín.

—¡Ay! ¿No le dijeron? Puede que no venga hoy. Tuvieron que ir a comprar algunas cosas que faltaban para la fiesta, pero, bueno, al menos ya no falta usted —explicó su anfitriona. Se sintió halagado. De un momento a otro, había olvidado la soledad en la que lo había sumido la reciente ruptura amorosa y en solo unas horas, en algunos pares de cientos de kilómetros, había logrado despejar su mente, sonreír de nuevo y pensar en otra cosa.

—Cuando alguien viaja suele sentirse más contento —dijo.

—Yo no salgo de acá hace mucho —respondió la señora—, pero así de emocionante debe ser.

La madre de Sara ofreció una habitación a Bob, pero él se rehusó. Aún tras el grande insistir de la señora de la casa, el forastero terminó alojándose en el hostal del pueblo. Faltando cinco minutos para que el reloj diera las diez de la mañana y después de un simple proceso de registro, se halló en su habitación. El viaje lo había dejado agotado. Le dolía el cuerpo y las piernas se le acalambraban de manera intermitente. Tomó una ducha. Al salir, aún con el sabor del desayuno en las papilas, decidió tomar una siesta que se prolongó hasta pasado el mediodía. Cuando despertó, sintió deseos de dar un paseo por el pueblo. "Quizás me encuentre a Martín", pensó.

Salió del hostal y empezó a recorrer las empinadas calles del pueblito con hermoso nombre bajo un tímido sol de cordilleras. Almorzó tres pasteles con salsa de ajo y limonada en un puesto callejero. No veía a su hijo por ningún lado. En cambio, había observado el gran número de licorerías que existían en el pueblo. Bob no acostumbraba a tomar licor. Sin embargo, sintió un deseo incontrolable de ir por una cerveza.

—Voy a esperar a Martín —se dijo.

Y con alegre decisión desvió su mirada del refrescante aviso y se dirigió de nuevo al hostal. Pensó en pasar a preguntar por su hijo donde la madre de Sara, pero recordó que la valentía y la iniciativa no eran lo suyo. Se contuvo. El alto campanario de la iglesia marcó las horas como de costumbre. El paseo terminó. Ya en el hostal, Bob preparaba el delicado traje que había seleccionado para el casamiento mientras la noche cubría las montañas y sus municipalidades. Martín no había ido a buscarlo.

—Será mañana—se dijo con la emoción a flor de piel por el deseo ferviente de reencontrarse con su hijo, todas sus cosas ordenadas, impecables, dispuestas metódicamente, el contenido apetito de quien no acostumbra cenar, el aliento de la crema de dientes en su boca recién aseada queriendo, sin éxito alguno, apaciguar el hambre, sin mirar el reloj, unas horas antes de lo habitual, se fue a dormir hasta la mañana siguiente.

El día de la boda, Bob despertó muy temprano. Se sentía alegre, el descanso de la noche anterior le había servido. Las secuelas del viaje eran casi imperceptibles, cosa que a su edad no sucedía muy a menudo. La habitación de la posada tenía una ventana que miraba hacia el pueblo. Bob se recostó en el marco de madera clara y se dedicó a observar la blanca cúspide de la iglesia, el bamboleo de las altas palmeras del parque, las calles estrechas y vacías, los tejados llenos de gatos.

Encima de su cabeza, como era costumbre en estos parajes montañosos, el cielo, totalmente despejado, dejaba ver innumerable cantidad de estrellas y constelaciones que parecían ser iluminadas por el mismo trasfondo de la luna delgada que desde las alturas le sonreía a Bob. Delicias despertaba en soledad. Las calles, húmedas por la llovizna de hacía un rato, no eran transitadas aún por humano alguno. En la oscuridad de la habitación, solo penetrada por una luz precaria que se colaba por la ventana abierta como un libro, Bob se sentía más animado que de costumbre.

—Debe ser por el casamiento —se dijo. Y antes de mirar el reloj por primera vez para constatar lo temprano que se había levantado ese cinco de octubre, ya se encontraba vestido y acicalado, listo para salir a la calle—. Pero, si no ha salido el sol —reparó—. ¿A dónde voy a ir?

Del pequeño pueblo solo había logrado reconocer la plaza, la iglesia, la casa de Martín, y El Grillos, un estadero ubicado diagonal al parque, donde el día anterior había sentido deseos de ingresar por algo de alcohol. Recordó sus años de adolescencia cuando trabajaba en los antiguos talleres de San José; cuánto disfrutaba gastarse hasta el último centavo de su bajo salario en licor al finalizar el turno.

—Ya nos ganamos el almuerzo —decía, mientras destapaba, una tras otra, oscuras botellas de cerveza. Motivado por la emoción de aquellos tiempos, sintió de nuevo el fervoroso deseo de ir al bar.

Cuando miró el reloj eran las cuatro en punto de la madrugada, pero, esta vez, en silencio, sin el escandaloso despertador.

—Es temprano —se dijo.

Renunció de nuevo, como un cobarde, a la idea y volvió a dormir. A las siete tomó un tradicional desayuno de la región en el largo comedor de la posada. El sabor de los alimentos asemejó la sazón de su madre. Sintió sus manos lánguidas que le acariciaban la coronilla mientras comía. De sus ojos brotaron dos emociones transparentes, líquidas. Superó el embate de los sentimientos y se levantó de la mesa. La mañana avanzó sin sobresaltos, aunque sin noticias de Martín.

"Debe estar ocupado. Es el día de su boda", pensó Bob mientras una sonrisa iluminaba su rostro. Después de pasar toda la mañana observando Delicias, el quehacer de las gentes, los mercaderes, aldeanos que van y vienen, sol radiante, cielo azul, viento frío, decidió salir a almorzar. La plaza de mercado era una gran edificación esquinera con fachada sucia, contigua al edificio en donde estaba el banco y la alcaldía. Allí se podían conseguir deliciosos platillos locales, frutas y verduras frescas, además de discos compactos grabados con canciones y películas de moda.

Ingresó al restaurante y le sirvieron el plato del día. Pabellón: caraotas, arroz blanco, carne en tiras y algunos otros ingredientes que seguramente ya habría olvidado al terminar, pero que, al contacto con el paladar, antes de ser reducidos a papilla, polvillo, masilla, le parecieron exquisitos. Para hacer digestión, caminar. El parque, con la estatua del libertador en la mitad. La iglesia, toda blanca por fuera. Mas, adentro, la gran nave estaba llena de imágenes de santos y el altar estaba dispuesto para la próxima eucaristía. En el coliseo los niños jugaban baloncesto bajo un techo curvado de zinc. Todo lo que veía, aunque sonso y simple, distante de lo extraordinario, lograba maravillarlo, sorprenderlo.

Ya comprendía aquello del síndrome de Stendhal. Charlaba con la gente amenamente y degustaba paledonias, golfeado y cachitos de queso crema en una panadería que encontró de camino al hostal, ubicado en lo alto del pueblo. La tarde apenas comenzaba cuando ingresó a su habitación para ponerse el fino traje que vestiría en la boda de Martín. Se acicaló con presteza y deseó fervorosamente tener noticias de su hijo, la hora de la boda y, aunque era apenas lógico que los eventos se desarrollarían entre la iglesia y la casa de los padres de Sara, el metodismo propio de su solitaria existencia lo llevaba a preguntarse también por el lugar del casamiento y el agasajo.

Desde la ventana, observó que frente a la casa donde vivía su hijo había aparcado un camión de cabina verde con el planchón lleno de flores recién cortadas en las aldeas vecinas, de diversos colores y un par de sillas en la mitad. No era su estilo. Definitivamente el provinciano camión nupcial no era su estilo. Guiado por su emoción sobresaltada decidió volver a surcar el pueblo vestido de traje para ver más de cerca lo que estaba sucediendo con los preparativos. Al llegar frente al letrero de "SE VENDE POLLO" su corazón latía más fuerte de lo normal, sus manos sudaban y su cara no desdibujaba ni por un segundo la sonrisa encarnada desde la mañana. Sentía una inmensa alegría por ver a su hijo después de mucho tiempo. Ahora, cuando las cosas no le habían salido de la mejor manera y se encontraba solo en el mundo, tener el apoyo de Martín sería fenomenal, tanto así que, si la propuesta llegase a sus oídos en ese mismo instante, se hubiese quedado a vivir en Delicias junto a la pareja.

Bajo las letras blancas, rodeadas por un naranjado que asemejaba el sol que muere por las tardes en el caribe, muy lejos de allí, las puertas estaban abiertas. De un salto, Bob atravesó el umbral. Ya adentro, la madre de Sara le dio la bienvenida y lo introdujo con los demás familiares e invitados. La boda aún no había comenzado. Los novios ultimaban detalles de vestuario y no eran perceptibles a la vista. El gran patio de la casa había sido dispuesto para la fiesta con mesas y sillas. La señora invitó a sentarse en una silla de estas al tiempo que le ofrecía una cerveza helada.

—Tómesela y ahorita le traigo otra.

Bob asintió con la cabeza, hizo caso como un crío y de un sorbo se bebió la polarcita. En las mesas, muchas botellas de ron le hacían gestos provocativos. No era hombre de tomar, pero hoy se sentía diferente. En menos de cinco minutos la madre de Sara regresó con otra fría en la mano.

—Tome… Con confianza —le dijo. Bob estiró la mano. Tomó con confianza. Cuando Martín salió al patio, en la mesa se podían contar más de diez botellas.

—¡Papá! —dijo el novio efusivo mientras se acercaba con pasos rápidos. Se abrazaron.

—¿Cuánto tiempo, mijo?

—Qué bien que haya venido —musitó Martín en tono muy alegre.

—¿Cómo estuvo el viaje?

Cruzaron algunas palabras más hasta que su hijo le preguntó si había tomado mucho. Bob cayó en cuenta del efecto que hacía la cebada en todo su ser. Los colores los percibía más cálidos y su traje ya no estaba tan aliñado como cuando salió de la posada.

—No, mijo. Tranquilo —dijo Bob.

Y retirando la mirada de los ojos de su hijo para dejarla perdida en el agrietado muro del patio, se sentó de nuevo y tomó un largo sorbo de la cerveza que había dejado por mitad. En los minutos siguientes la señora de la casa no dejó de surtirle cerveza helada y, por supuesto, Bob no dejó de recibir. Media hora después, todo daba vueltas en su cabeza. Había perdido la cuenta de lo que había bebido. Sin embargo, lo cual era un punto a favor, en medio de su confusión, tenía la certeza de que, en efecto, habían sido muchas.

—La edad —se dijo—, o la falta de costumbre.

En este momento, vaya a saberse si por el calor de los tragos, Bob olvidó incluir el síndrome del viajero en su lista de opciones. Cuando su cabeza se encontraba en espiral descendente, encendieron la música a todo volumen. Por el gesto serio de Bob nadie pudo determinar si le agradaba o le disgustaba. Lo que sí pudieron percibir fue que destapaba una botella de ron. Escuchó decir a las gentes con sus grandes orejas entre agudizadas y sordas:

—Y, ¿ese señor quién es? Ya está borracho.

—Es el papá de Martín…

Había olvidado lo que era tomar. La náusea, el cúmulo de pensamientos, la sensación de calor. En ese mismo instante lo estaba recordando, pero, de seguro lo olvidaría en el siguiente. Debido a su estado, no lo llevaron a la iglesia. Se quedó solo en el patio, con la botella de licor, mientras todos volvían. Estando solo lloró por Bonnie, maldijo y también bendijo a quien lo había invitado hasta aquí.

—¿Qué sería yo, allá, solo, en la casa mía? —balbuceó. La botella de ron casi terminaba cuando sus ojos trastornados vieron movimiento. Volvían de la iglesia.

—Papá, ¿cómo está, le hago un caldito? —preguntó Martín. Bob no respondió. Ni siquiera levantó la mirada del vaso. Sirvió otro ron mientras le hablaba a la botella frases incomprensibles.

—Ya me casé, papá. Gracias por venir.

La fiesta comenzó. Todos bailaron, comieron, se rieron. Todos, menos Bob. Nuestro héroe bebió y pensó inmóvil y en silencio. Pasó todo el tiempo así. Solo levantaba su mano para pedir más cerveza, otra botella de ron. Nadie reparó en él. Martín tampoco lo hizo. Solo al final de la fiesta, cuando los invitados se fueron y en la familia de Sara se dieron cuenta del estado del hombre.

—Hay que parar a su papá, Martín. Acuéstelo en la habitación de arriba —dijo Sara conmovida.

Apoyado en los brazos de su hijo, dando tumbos, Bob subió las escaleras y atravesó el puentecito metálico que lo llevaba a la recámara principal de la casa.

—Acuéstese acá, padre. Ahorita le paso alguito de comer —exclamó el recién casado mientras el interruptor cambiaba de posición permitiendo la llegada de las tinieblas.

Bob no despertó hasta el día siguiente con el sol en la cara y una resaca descomunal. Se sintió mal de no recordar nada de la ceremonia y por la manera en cómo estaba vestido, tan impropia de sí. Avergonzado, salió de la habitación. En la casa no había nadie, pero la seguridad del municipio les permitía dejar las puertas sin trancar. Con algo de dificultad, Bob se halló de nuevo en la calle. Mareado, sediento y hambriento, ascendió bajo el pálido sol por la cuesta, que ahora le parecía interminable, hasta llegar a la posada. Dentro de la habitación sintió algo de alivio para su pesadumbre. La vergüenza se había disipado.

—Debo viajar hoy mismo, antes de que Martín me haga reclamos por lo de anoche —se dijo.

Sin perder tiempo tomó una ducha y cambió sus ropas. Se miró al espejo por varios minutos buscando, hasta encontrar, la cara idónea para enfrentar el largo camino de regreso. Cerró la maleta cuadrada de rodachines. Pulsó el botón para obtener la extensión de la manija y avanzó hacia el umbral de la puerta. Después de descender la empinada calle que separa la posada del parque, divisó a lo lejos el *jeepcito* descolorido que lo había traído desde Norte. Le hizo señas. El conductor las advirtió y el vehículo se acercó.

—¿Cómo le fue en la fiesta? —preguntó el hombre de bigote.

—Bien, pero ahora voy de para atrás —precisó Bob entre verdades y mentiras.

—¿Tan rápido? Voy *pa'* Norte. Camine, lo llevo —le ofreció el amable sujeto.

No hablaron mucho hasta cruzar la frontera. El paso fue diligente. Mostró de nuevo su palma a los alguaciles, ellos a él, y en poco tiempo estuvo en Norte. El sol de mediodía arreciaba cuando llegó al hostal donde había pasado la primera noche a buscar su vehículo. Aún con la resaca encima, puso el motor en marcha y empezó a conducir hasta la capital. Solo se detuvo por efectos del hambre y para abastecer combustible sobre un trazado que otrora le había divertido, pero que ahora le dejaba una sensación que cavilaba entre la vergüenza y el aburrimiento.

Había transcurrido un año largo desde la llamada que lo llevó a Delicias. El calendario marcaba algún número de un mes de octubre que, desperezándose, recién comenzaba. En el 1303 de la Torre Farnaese aún se sorprendían el escritorio y la silla giratoria de la soledad en la que transcurrían las jornadas del hombre que allí habitaba. No había vuelto a hablar con Martín desde la fiesta. La ebriedad que padeció en aquel momento le hizo olvidar exactamente cuáles fueron las palabras pronunciadas por su hijo antes de apagar la luz.

—Te odio, padre. ¿Por qué me haces esto el día de mi boda, padre? Avergüénzate, padre. La comida, padre… —Sabía que ninguno de esos recuerdos había sido.

En el apartamento de la capital, Bob se sumergía en el sillón un día más, indiferente, a contemplar la batalla tendida en vallas publicitarias entre marcas de cigarrillos o de neumáticos, así como desde aquella neoyorkina ventana del cuarto de Ralph en el cuento de Cortázar. El cielo enardecía en un ocaso enfurecido, pero efímero. Nadie recordó el día. Ni siquiera las páginas de este relato. Nadie, excepto Bob desde la vacía atmósfera del enorme salón de su moderno departamento.

—Están ocupados —murmuró con la voz quebrada.

No lo estaban. Dormían, salían del trabajo, abandonaban la fábrica, la escuela o el hospital, preparaban la cena o conversaban con alguien a través del móvil. Ninguno se casaría ese octubre. Muy a pesar de sus recónditos deseos y de aquella urgente necesidad de escuchar alguna voz conocida, sobre el escritorio, bajo un gran cúmulo de papeles desordenados, el viejo teléfono gris había decidido no volver a sonar.

La muerte y el inmortal

Por Néstor Eduardo Castillo Arroyo

Nos encontramos en un hotel cualquiera a tardes horas de la madrugada, un hotel del más común que te puedas imaginar, en un baño de lo más común, con un lavamanos tapado con hojas de papel higiénico húmedas manchadas de sangre y un pequeño chorro de agua saliendo del grifo haciendo que se llene poco a poco.

También había un espejo roto en una esquina manchado con algunas gotas de agua, y una que otra mancha de polvo y mugre, como si alguien hubiese intentado limpiarlo rápidamente, un váter sin usar con la cadena colgando, una cortina color marrón a medio camino, una ducha escurriendo sangre por el grifo, gracias a que antes estaba abierto el chorro dando todo de sí mismo, un bombillo para nada ahorrador con una luz amarilla que da un tono opaco al lugar, y un hombre tendido en el suelo con un cigarro sin encender en su mano izquierda y muy pocas ganas de vivir; porque aparentemente era inmortal.

Era un momento muy común en la vida de todo solitario y, aunque algo que pueda llegar a pasar, estás a punto de presenciar algo único, pues podrás detallar claramente la conversación entre la muerte y un nombre incapaz de morir.

***

Una niña entra en el baño, y sin preocupación alguna, se toma su tiempo para asimilar el entorno. Dedica una que otra mirada a su alrededor, y luego asiente contenta, como si en esta ocasión, el entorno fuera mejor que el anterior. Una vez dentro, cierra el grifo del lavamanos para evitar que escurra por los bordes, y toma los pedazos de papel mojado y ensangrentado para dejarlos dentro del váter y vaciar todo su contenido, y acto seguido, se sienta sobre el mismo mirando fijamente a nuestro hombre, el hombre inmortal.

—Vamos, nuevo, ¿no te aburres de esto? —le menciona la niña.

—¿Por qué? ¿Tú ya te cansaste? —responde nuestro hombre inmortal de forma muy tranquila, como si de una situación normal se tratase.

Acto seguido toma un cigarro con su mano izquierda y al intentar encenderlo con el encendedor en su mano derecha, se queda a medio camino pues este cae de entre sus dedos al suelo sin que pueda hacer nada.

—Sabes bien que, si cortas tan profundo, pierdes la movilidad en tus articulaciones debido a la falla de tus tendones —menciona la niña con voz muy tranquila mientras toma el encendedor y lo acerca al cigarro del hombre inmortal con una pequeña llama.

—Gracias —repone nuestro hombre inmortal.

—¿Por qué sigues intentándolo? —pregunta la niña mientras retira la llama.

—Morir es algo que todos hacen, todos menos yo, gracias a ti.

—Sabes que no puedo darme ese lujo, el de dejarte morir, sería perder mi única esperanza de terminar con esto algún día

—responde la niña mientras se sienta en el váter mirando fijamente a nuestro hombre inmortal.

Ambos cruzan miradas de complicidad, como si fueran dos personas unidas por una misma causa, pero ninguno quisiera que así fuera.

—El trabajo de ser la muerte no es algo que quieras hacer por el resto de tu vida, ni tan siquiera puedes entender que soy solo una amiga, alguien que no quiere que todo sea más difícil sino al contrario.

—No lo sé, tú no me permites morir, ¿recuerdas?, tus palabras no tienen sentido para mí —replica nuestro hombre inmortal.

—Cuando eres elegido para ser la muerte, tienes que tener un sucesor, alguien apto para el trabajo, una vez puedas ser relevado, y como nunca sabes cuándo puedes ser relevado…

—No me vengas con tus mierdas a mí —critica el hombre inmortal mientras le dedica una completa mirada de odio a la niña.

—Siempre será así hasta que sea tu turno. —Lo señala la niña mientras mira la herida en su brazo.

—¿Tienes idea de lo que es hacerlo todo, recorrer cada rincón, realizar todos los trabajos, vivir todas las experiencias? —El hombre inmortal hace una pausa para luego continuar—. El mundo en sí ya no tiene nada que ofrecerme, lo que daría por poder morir.

—Y me gustaría poder dejarte hacerlo, pero eres un digno sucesor, si te dejara morir y me llegara el turno de ser relevada sin tener quién haga este trabajo, tendría que seguir con él hasta quién sabe cuándo pueda volver a ser mi turno de descansar de este tormento.

—¿Por qué yo? Hay tantas personas en el mundo, cualquiera podría hacer este trabajo —repone el hombre inmortal casi como una súplica.

—No realmente, pero solo cuando seas la muerte lo entenderás; antes, todo lo que te diga son solo palabras vacías, razones para odiarme —menciona la niña mientras se inclina hacia él y retira el trozo de espejo de su antebrazo aún con la carne viva—. Te has hecho fuerte, ya casi ni sientes dolor.

—Es lo que tiene acostumbrarse a él, cuando intentas matarte de maneras tan diferentes sin tener resultados, bueno… —El hombre inmortal se queda mirando a la nada mientras piensa en su siguiente frase—, hace tiempo ya que prefiero una muerte tranquila.

La niña toma el trozo de espejo y lo envuelve en papel de baño para dejarlo sobre el lavamanos como queriendo demostrarle a nuestro hombre inmortal que siempre estará en sus manos, pero el resultado será el mismo. Nuevamente procede a sentarse en el váter para dedicarle una nueva mirada a nuestro hombre inmortal, pero esta vez, casi con un sentimiento de lástima.

— ¿Por qué te sigo viendo como una niña con vestido rojo? —pregunta el hombre inmortal casi que esperando una respuesta diferente.

—Ya te lo dije, las personas ven en mí el reflejo de aquello que no entienden, pero les aterra —responde la niña recostándose hacia atrás sobre la tapa del váter—, y como tú hace tiempo ya dejaste de temerme, me ves como una niña pequeña e indefensa, alguien a quien tú puedes hacerle daño.

—Y eso te agrada —sonríe.

—Es bueno tener alguien que no me vea como algo malo, el hombre me teme sin saber que, sin mí, nada estaría completo —menciona la niña orgullosa de su trabajo.

—¿Cómo esperas que no te teman? No saben qué hay después de ti, pero tampoco han vivido lo suficiente para entender que eres necesaria —repone el hombre inmortal fumando con toda la tranquilidad del mundo, sin prestar atención a que está muriendo.

—No existe el cielo o el infierno. Aquello que llaman Biblia son solo relatos fantasiosos de hombres en su época —menciona la niña mientras cruza las piernas—, y ese al que llaman Dios... Un niño con una granja de hormigas, no tiene idea de lo que hace.

—Qué bastardo, apuesto a que somos solo un mito para él, algo puede o no ser cierto —repone el hombre inmortal mientras apaga el cigarro en su charco de sangre—, debe estar igual de confundido que nosotros, intentando existir... No lo culpo.

—Te aseguro que he pasado por tantas cosas siendo la muerte, hay tanto que el hombre no sabe ni entiende.

—Y tú esperando que acepte el cargo con toda la felicidad del mundo. Si vivir para siempre como humano ya es una mierda, no me lo imagino como la muerte —lanza un bufido para luego intentar acomodarse sobre la pared y quedarse dormido.

—Tiene sus momentos —menciona la niña sonriendo mientras mira a su alrededor y luego a nuestro hombre inmortal.

Acto seguido lo mira fijamente y sus ojos comienzan a ponerse negros, la habitación en sí se doblega, como ondas en el agua, o el papel al arrugarse, el hombre inmortal comienza a retorcerse de maneras abruptas, el sonido en el espacio se desaparece y se escucha un eco irreconocible en el lugar, como si alguien intentara gritar y no saliera sonido alguno de su garganta, el espacio se contrae y el alma del hombre inmortal regresa a su cuerpo.

En los alrededores, el pitido en los oídos de las personas en las otras habitaciones hace que se despierten, pues siempre ha sido un misterio para el hombre el porqué de repente sus oídos zumban de la nada, y poco después, cuando las masas están calmadas, nuestro hombre inmortal regresa al panorama en el cual se encontraba, y del cual quería escapar.

—¿Sabes cuál es la sensación más horrible de regresar? —le pregunta el hombre a la niña recuperando el aliento con un rostro bastante horrorizado.

—¿Cuál? —pregunta la niña esperando su respuesta con ansias, pues sabe que, aunque ella sea la muerte, él es inmortal, y pueden llegar a estar igualados en conocimiento.

—Sentir cómo tu alma vuelve a tu cuerpo, porque este trozo de carne se pone frío al morir, y cuando vuelves en sí, sientes como se pone tibio y todo comienza a funcionar de nuevo, como si regresaras luego de que te intentaran hervir vivo… Nunca me acostumbro a eso.

—Suena horrible .—Hace una mala cara.

—Lo es, pero eso tú ya lo sabes —menciona el hombre inmortal mientras se pone de pie y camina hacia el espejo manchando de sangre el suelo por donde camina.

Ambos cruzan miradas, pero ninguno menciona una sola palabra, la niña se queda tranquila detallando cómo el hombre inmortal limpia la sangre, toma unas toallas femeninas y las pone sobre la herida para luego vendarlas. Debido a que lleva unas incontables veces intentando acabar con su vida, sabe lo que debe hacer para poner todo en su sitio de nuevo.

—¿Escuchas eso…? Es lluvia, son árboles estremeciéndose por las gotas que caen, nubes recorriendo un ciclo para el que fueron establecidas, un ciclo único, pero demasiado corto, y, aun así, no escuchamos a ninguno de los anteriores mencionados quejarse por lo que les toca —menciona el hombre inmortal mirando fijamente a la niña.

—La naturaleza es bastante sabia —repone la niña.

—Pero el hombre no lo es, porque ahí afuera escucho una motocicleta a todo lo que da, probablemente de un idiota acelerando a fondo con una chica abrazándolo por su espalda esperando complacerlo esta noche lo suficiente para que se repita. —El odio en las palabras del hombre inmortal era casi palpable—. Dirás que el hombre se queja demasiado sin entender que lo tiene todo en vida.

—Lo único que me queda claro, respecto a ti, es que ya no me temes, no como las primeras veces que me suplicabas dejarte vivir, pidiendo más y más tiempo —repone la niña sonriéndole a nuestro hombre inmortal—, y con respecto al hombre, lo único que sé con certeza, es que todos vendrán a mí.

—Ansío el momento en que yo pueda usar esas palabras en tu contra.

—Para entonces, yo estaré en un misterio del cual ni tú ni yo tenemos conocimiento, y tú, mi querido amigo, entenderás por qué soy lo mejor que tiene el hombre trazado en su camino.

La niña se pone de pie y limpia un poco de polvo en su vestido, el hombre inmortal le cede el paso hacia la puerta de salida, una vez los dos afuera, en el balcón de la habitación, ambos miran fijamente la luna intentando aparentar que pueden ser amigos.

—Para ti todo sería más sencillo, si no fueras una persona tan solitaria —menciona la niña sin despegar su mirada de la luna—. Pero tengo que admitir que mi trabajo es más sencillo cuando tengo que llevarme a bastardos como tú que solo viven para sí mismos… Solo entonces, duele un poco menos que no entiendan lo que hago.

—¿Hasta la siguiente? —pregunta en forma de despedida el hombre inmortal sin dedicarle una mirada a la niña. Solo esperando que se acabe el encuentro que ojalá sea el último.

—O hasta que dejes de ser inmortal —responde la niña alejándose un poco.

—Moriré antes de eso —sonríe.

—Ya lo entendiste.

La niña comienza a disiparse como niebla en la mañana, o como el amor en corazones que aman demasiado sin ser correspondidos, mientras que nuestro hombre toma otro cigarro de entre sus bolsillos mojados, escoge el menos húmedo de ellos, y estira su mano para tomar el encendedor que la niña dejó sobre el muro.

Una vez el humo recorre sus pulmones, y sale de su organismo para perderse en la inmensidad de la nada, entendemos que ningún ser sobre la faz de esta tierra está hecho para aguantar el vivir por siempre, sin embargo, tampoco es capaz de esperar morir sin saber lo que le depara el más allá. Ahora se podría decir que tenemos un poco de las versiones de ambos lados…, por tanto, vivir como la muerte, o morir como un inmortal, no suena tan mal, ¿verdad?

Inframundo

Por Ariadna Posadas Reyes

No es siempre al morir que llegamos a sentirnos solos, o aislados; a veces podemos parecer nuestro único aliado en la que debería ser la cumbre de vida en todos los momentos que conjugan nuestra existencia. Sentimientos muertos, como zombis, caminando entre los que respiran.

¿Lo has sentido? No ser parte de un ecosistema; ser el no querido, el no amado, el no deseado.

Perder a alguien, o algo, que esperabas tener por siempre a tu lado puede ser el inicio de una crisis terrible, podríamos compararlo con ser echado de tu lugar seguro. Nunca te pensaste lejos de tu más grande red de apoyo porque nunca tuviste ni la necesidad, ni el deseo urgente de hacerlo..., pero ahora estás solo. Técnicamente no lo perdiste todo, pero te sientes así.

Dejar que tu zona de confort descanse sobre pequeños grupos de personas siempre termina en un desastre, porque un solo viaje de ida es capaz de desestabilizar tu cosmos particular. La cosa es que no siempre puedes actuar como el amigo comprensivo porque, algunas veces, ni siquiera eres considerado, amigo. Debemos aceptar que la amistad no siempre está situada en una carretera de doble sentido, o al menos no a cada paso del camino. Claro que podemos ser la luz brillante en la vida de alguien, pero existe la posibilidad de que el mundo gire y esa relación pare de golpe, o podría desvanecerse gradualmente, lo que será más doloroso, porque nunca detectas el momento en que dejaste de ser parte de la magia.

Ahora, ¿pueden imaginar crecer con alguien y después ver ese amor desaparecer? Es simplemente cruel. Mortal. Una amenaza a la vida. Tienes que sacar las raíces malas de tu siembra, pero desarraigar los baobabs que crecieron en un asteroide común es más difícil de lo que pensaste, es lo más difícil que has hecho en la vida entera.

Al inicio no lo crees ¿cómo podría alguien que te amaba tanto ser tan egoísta? ¿Cómo podría esa persona abandonarte? Inaceptable, debe haber una razón: ¿Su pareja? ¿Su escuela? ¿El trabajo? ¿Hiciste algo mal? ¿Necesita tu ayuda? En la segunda etapa los enfrentas, les explicas cómo te sientes y no tienen nada que decir…, nada.

Te dejan sufriendo. Te dejan sufriendo y en vez de árboles comienzas a sembrar rosas, ¡pobre de ti! Estás a punto de descubrir que la belleza que irradian las rosas es incluso más peligrosa que la enorme amenaza de las raíces potencialmente creciendo a través de tu corazón aerolítico.

Nosotros, los no amados, tenemos que aceptar que sí estamos siéndolo, solo que por otros; el amor que viene a nosotros reside en personas independientes que quizá no se ven exactamente como hubiéramos imaginado en nuestra manada, pero que existen.

Percibirse muerto, apagar los sentimientos e imaginar los pasos propios dando una vuelta en el inframundo es tan doloroso como la pérdida, pero aún hay mucho que podemos ganar. Existen mundos vivientes enteros a los que aún podemos escalar.

Cigarrillo

Por Sebastián Vargas Monsalve

Salgo al balcón, once y treinta de la noche. Todas las noches me fumo un cigarrillo antes de dormir, porque, ¿quién puede dormir sabiendo que la muerte no respeta al sueño? No quiero morir mientas duermo, quiero estar consiente en mi lecho de muerte, sentir que agonizo y saber que moriré. ¿Qué gracia tiene morir y no darse cuenta? Mi madre murió mientras dormía. Mi hijo, un bebé, murió mientras dormía. Tal vez pensar demasiado en la muerte me causa insomnio. El cigarrillo me ayuda a dormir.

Aspiro su humo al prenderlo, siento cómo entra, arañando las paredes de mi garganta; entra con tal rabia dañina, asesina, pero es casi imperceptible. ¿Qué tan lastimada tiene que estar mi garganta para aguantar el humo del tabaco? Recuerdo cuando fumé por primera vez. Tosí hasta llorar, sentí mi garganta fundirse al paso de aquella humareda cancerígena. ¿Por qué lo volví a hacer? Me dolió y lo hice de nuevo. El humo llega a mis pulmones, la nicotina asciende hacia cabeza, la eleva, y junto a ella se eleva mi cuerpo. Me comienzan a temblar las piernas y no tengo dónde sentarme; me puedo sentar en el muro de este balcón, es bastante firme, puede aguantar fácilmente mi peso. Son siete pisos de diferencia con la base de este edificio, son siete pisos que separan el salón de entrada con mi casa; todos los días tengo que subir y bajar siete pisos, salir y entrar por esa puerta; todos los días tengo que levantarme de ese vacío material de descanso, y todas las noches me tengo que acostar en ese mismo pequeño lugar deshabitado, y al día siguiente levantarme para salir por esa puerta y descender esos sietes pisos, y por la noche llegar y ascender esos siete pisos, entrar por esa puerta y ser recibido por la soledad del aire estancado en mi apartamento, para que al final me reciba en sus brazos la cómoda, acolchada y cálida soledad de mi cama. Caer de este balcón sería la forma más rápida de descender esos cansinos e insípidos siete pisos, y no tendría que volver a ascenderlos de nuevo; inmediatamente toque la base ascendería a la redención absoluta, o tal vez descendería al eterno martirio. No tendría que ascender esos siete pisos de nuevo, y no me molestaría. Aunque sentarse en un muro de concreto de un balcón no es muy cómodo, y tampoco es que me tiemblen tanto las piernas.

La vida de este cigarrillo no es tan longeva como me gustaría, muere más joven de lo que necesito. No me sentaré. Expulso las toxinas que destrozan lentamente mis pulmones, mis labios toman esa forma redonda con la que nos acostumbramos a soplar, con la que se puede silbar, o viceversa, podemos ingerir agua por medio de un pitillo, o esa forma tan popular de comer espaguetis. El humo sale en una forma y se desvanece; la velocidad, la fuerza con la que el diafragma puja hace que salga de manera uniforme, y se desvanece en el ambiente.

—No quiero que mueras —dije, con la esperanza de que mis palabras adquirieran poder y lograran hacer que este cigarrillo fuera eterno.

—Todos tenemos que morir —contestó el cigarrillo.

Me quedé poco tiempo pensando cómo un cigarrillo podría hablar, poco tiempo que para él sería mortal, ya que se va acabando así no lo fume.

—Tu madre murió, tu hijo murió, mucha gente muere al día, tú morirás, yo moriré.

—De todas formas, no quiero que mueras.

¿Cómo es que le acabo de responder a un cigarrillo? La gente normal lo fuma, no le habla. Y yo lo fumo y le hablo. Tal vez me estoy volviendo loco. ¿Y si esto es producto de mi imaginación? Tal vez esto lo formuló mi mente para que pueda conversar con alguien, o, en este caso, con algo. ¿Qué pasaría si lo ignoro? ¿Me seguiría hablando? ¿Se callaría? Tal vez deba aprovechar la oportunidad de charlar, así sea con un cigarrillo.

—Así que le temes a la muerte —dijo el cigarrillo.

—No, no le temo.

—Le temes, dijiste que no quería que muriera.

—No me da miedo morirme, es eso.

Me confundía lo que trataba de decirme. No quiero que muera, eso hace que le tema a la muerte. Tal vez desprecio la desaparición de algo que me gusta, cosa normal. Nadie quiere que se termine lo que disfrutamos, aunque es necesario que todo termine. Lo eterno cansa. No quiero que nada sea eterno. ¿Cómo podré recordar que disfruté algo si nunca se acaba? Al fin y al cabo, el hombre vive de los recuerdos.

—No tiene que ser tu muerte para que le temas —contestó el cigarrillo—, tiene que ser el concepto de la muerte.

—Explícate.

—Temes que yo muera, temes que el concepto de la muerte llegue a mí. Temiste que la muerte le llegara a tu madre, o a tu hijo. Le temes a la muerte, mas no a tu muerte.

—Tiene sentido… ¿Cómo puedo llamarte?

—Solo soy un cigarrillo.

—Bueno, cigarrillo. Tiene sentido lo que dices, tal vez sí le temo a la muerte.

—¿Y a qué más le temes?

¿A qué más le temo? Nunca me había puesto a enlistar mis temores, de hecho, siempre negué temerle a algo. A las serpientes tal vez. Me daría miedo toparme con una serpiente. Pero esos no son temores que de verdad trasciendan, como el miedo a la muerte, miedos que de verdad afecten tu experiencia en el mundo; cualquier cosa puede matarte: puedes ser arrollado por un carro, puedes ser asaltado y asesinado en el intento, puedes morir ahogado mientras comes, o mientras nadas; puedes sufrir un infarto, puedes caer y morir por un mal golpe. Una de las mayores causas de muerte son las caídas por las escaleras. Todo puede matarte. En realidad, la vida no se trata de vivirla, se trata es de sobrevivirla, y justamente los miedos nacen es del miedo a la muerte. ¿Por qué les tendría miedo a las alturas si no es porque podría caer y morir? ¿Por qué les tendría miedo a las arañas si no es porque su veneno es mortal para el hombre? ¿Por qué le tendría miedo a volar en avión si no es porque la caída de este sería muerte fija? Tal vez mis temores no sean por mí, pero entonces ¿por quién serían?

Mi hijo murió, mi madre murió, mi esposa me dejó, no conocí a mi padre, no tengo amigos, ni mascotas, ni nada, solo tengo a este cigarrillo parlante. Tal vez solo tema a que este cigarrillo me abandone, como todo mundo me abandonó.

—Le temo a la muerte —contesté. No se me ocurrió mejor respuesta—. No le temo a nada más, ¿a qué más puedo temerle?

—¿Seguro?

—¿A qué le temes tú?

¡Qué pregunta tan estúpida! ¿Qué miedo podría tener un cigarrillo? A morir, pero si apenas sabe que está vivo, y ya sabe que es la vida, pero tal vez no lo siente de la misma manera que yo, o de la misma manera que una mujer, o un perro. Solo es un cigarrillo.

—Le temo a todo —respondió el cigarrillo—. No puedo no temerle a nada, y a todo le temo. ¿Qué miedo podría tener un cigarrillo? Mi única función en la vida es ser fumado, y aun así le temo a que me fumen. ¿Tan banal es mi existencia, que, con un solo y corto uso, se desprecia mi memoria? No sé lo que es vivir, y aun así le temo a la muerte. ¿Cómo algo que no sabe que apenas vive le puede temer a la muerte?

—Le temo a estar solo.

Le temo a estar solo...

Le temo a mi día a día, siempre estoy solo.

Pero la soledad no es tan mala, me gusta. Estoy solo yo y nadie más. Solo yo y mis pensamientos, y mis ideas, y mis temores; y todo para mí: mi cama solo para mí, mi comida solo para mí, no tengo que compartir el baño, ni tengo que compartir estos cigarrillos. Todo para mí.

Y le temo a estar solo.

—Le temes a la muerte, y morirás; le temes a la soledad, y solo estarás.

—Ya estoy solo.

—Estoy contigo. Estás conmigo.

—Pero pronto ya no.

Le doy otra fumada, pero esta me sabe especialmente amarga, es como hacerle daño a alguien, golpearle y obligarle a pedir misericordia. Es como jugar a ser Dios por un momento, un leve, pero muy satisfactorio momento. Solo es un cigarrillo, pero su vida está en mis manos, tengo control absoluto sobre él. Debería temerme, pero, ¿al menos sabe el poder que tengo ante él? ¿Es consciente de que puedo elegir sobre su vida? Estoy consumiendo la vida de un ser inerte, de algo que hasta hace muy poco no tenía vida. Siento su esencia entrar en mí, tocándome con el deseo de poder salir y volver a ser parte de ese cuerpo tabaquero, hecho ya en gran parte ceniza. Sale el humo con esa uniformidad que tanto me fascina, derecho al exilio de vista alguna, al olvido innato.

En mi mente cavila la importancia del cigarrillo. Es necesidad del hombre dañar, así sea por un instante, estropear sus sentidos, y conscientemente. ¿Tan miserable es la vida que nos obliga a llevarla a extremos para poder soportarla? Y funciona, y gusta. A mí me gusta, y en partes es por la despectiva visión que tengo de ella. ¿Para qué me esfuerzo en estar bien si a nadie le importa? A mí no me importa. Hoy es un cigarrillo, y mañana será un cigarrillo; no sé si acompañado: con *whiskey*, con vino, con cerveza. Y quién sabe si me hablarán, y tal vez no sea solo este cigarrillo, o sea producto de un delirio, un delirio breve y asentador; ojalá que, si me desgracia la mente, sea longevo. La llevo mejor así.

—¿No te duele que te fume? —pregunté, con la intención de saber si sufriría, o si de lo contrario, lo disfrutaría, y adaptar mi conciencia a la veneración misma.

—No lo siento, y no me gusta.

—No te gusta no sentir.

Formulé dentro de mi cabeza aquella idea del no sentir, de lo aberrante que sería vivir sin poder experimentar las distintas sensaciones que nos ofrecen el cuerpo, la mente y el corazón: qué sería de alguien que no siente amor, o que no siente odio;

qué sería de alguien si no siente dolor, si no siente frío o calor; qué sería de alguien si no siente confusión, si no siente la duda o conocimiento. Eso en caso de un humano, para un cigarrillo debe ser distinto, un cigarrillo nunca sentiría cariño por alguien o algo, un cigarrillo nunca sentiría dolor, calor o frío; un cigarrillo nunca sabría del sensual tacto femenino, del sexo de una mujer apoderándose de todas tus debilidades, nunca sabría de la alegría de procrear y ver el resultado de lo mejor de dos seres opuestos, nunca sabría del dolor de ver cómo tus ilusiones se esfuman lentamente, sin que puedas hacer nada, solo aceptar. Un cigarrillo nunca sabría cómo se siente estar vivo, solo podría sentir dolor, y ni eso siente. Siente miedo, y tal vez ni siquiera sepa bien qué es el miedo. ¿Cómo iría a sentir miedo algo que nunca ha estado en situación semejante? Teme a que lo fumen, pero no le teme a la muerte.

No tiene sentido. Nada tiene sentido.

—A veces me gustaría no sentir nada —dije, tratando de expresar lo mal que me puedo sentir—. ¿Para qué sentir si todo lo que siento es un vacío? No quiero sentir tristeza, no quiero sentir felicidad; no quiero sentir dolor ni placer, no quiero sentir odio, no quiero sentir amor.

—¿Por qué, en un mundo lleno de gente, estás tú solo?

—No lo sé. Yo de verdad no lo sé.

Tal vez no corro con la suerte de los demás. Pienso en lo que pude haber hecho mal y no encuentro motivos de mi abandono. ¿Por qué estoy solo? ¿Qué hice mal para que toda mi vida sea tan miserable?

—No entiendo cómo sigo aquí, no tengo nada que me motive a seguir, y aun así sigo vivo.

—Si de verdad no tienes motivos, ¿por qué sigues aquí?

—Ya te dije que no lo sé.

—Estamos muy alto, una caía desde aquí podría significar tu muerte. Y no te has aventado. Hay algo que te aferra.

—¿Qué cosa? —pregunté, con la ansiedad de que por fin pudiera abrir mis ojos y encontrar una pequeña luz de esperanza—. ¿Qué es lo que me aferra?

—Eso no lo sé, solo tú lo sabes. ¿Tal vez sea esta conversación? ¿Tal vez sea la intriga de que mañana otro cigarrillo entable contigo una conversación?

¿Y si solamente es la costumbre de vivir la que no me permite morir? Son actos llevados por la inercia los que me llevan en mi vida, en la vida de cualquier persona. Puede ser el miedo al no saber el porvenir. ¿Qué haría si me muero? Si muero, ya no podría levantarme de mi cama, desayunar y lavar mis dientes, ya no podría salir de mi apartamento, descender los siete malditos pisos que separan el mundo real del podrido mundo en el que vivo, ya no podría llegar a verle la cara a mis putos compañeros, qué hostigado mantengo de ver los mismos rostros todos los malditos días de mi vida; ya no podría llegar al edificio donde se encuentra mi apartamento, ascender los mismos siete pisos para poder entrar a mi oscuro apartamento; ya no podría preparar todas las noches la misma cena, dejarla a la mitad, lavar mis dientes, fumarme un cigarrillo y acostarme en esa cama que cada noche me abraza y arrastra hasta lo más profundo de mis deseos.

Si muero no podría repetir la misma rutina todos los días. Entonces, ¿cuál es el miedo a morir? ¿Por qué sigo vivo si no salgo de este circo de almas desahuciadas donde el único espectáculo soy yo? ¿Y si lo que me mantiene con vida es ese pequeño deseo de que todo sea distinto?

—Estoy harto de siempre lo mismo, estoy harto de este apartamento, estoy harto de mi trabajo, estoy harto de comer siempre la misma mierda, estoy harto de mi vida. Quiero una nueva vida, quiero vivir de nuevo. Tal vez eso me mantiene con vida.

—¿Y qué estás haciendo para cambiarlo?

—Nada, no estoy haciendo nada.

Aspiré con fuerza la que sabía sería la última fumada de este cigarrillo. El tabaco, ya cerca del filtro, entró más cálido y más doloroso por mi garganta. Mantuve el humo dentro de mí, siendo abrazado por mis pulmones, que mal lo recibían, pues le hacían daño.

Exhalo la humareda hacia la luz de la lámpara que alumbra hacia la calle, esa luz anaranjada, para ver la cantidad de humo que puedo guardar dentro de mí. Ya no queda nada que se pueda fumar, todo su cuerpo ahora es ceniza, y la mayoría habiéndose hecho mientras no era fumado.

Golpeo suavemente el filtro hacia abajo con mi pulgar para que la ceniza caiga, y que su destino sea incierto, que se encargue el viento. Tiro la colilla ya inútil hacia la calle, me restriego la cara con las palmas de mis manos, respiro hondo y procedo a entrar a mi habitación, a dormir plácidamente, para mañana volver a iniciar.

Abrazo explosivo

Por Jeisson Fabián Murcia Martínez

Siempre, a eso de las tres con treinta y tres de la mañana, Marcos se despertaba insomne —su cuerpo le había tomado esa costumbre desde hacía cuatro años—. A esa hora, siempre la tristeza lo envolvía en tanta pena que sentía, como si todo el cuerpo se le desarmara por tanto desacompaño.

No soportaba soñar con la soledad.

Por esas horas él había adquirido la rutina de desplazarse hasta la cocina para tomarse las alucinaciones amargas de un café agrio. Cuando regresaba al cuarto encendía la televisión y, como era de costumbre, a las tres con cincuenta, apartaba la vista por un momento y la posaba sobre uno de los costados de su cama. Era entonces cuando se le disipaba la aflicción —aunque fuera por unos instantes— y se cubría aún más el cuerpo con esas viejas cobijas manchadas y arrugadas para no sentir más ese frío que le apuñalaba la mente y los recuerdos.

Durante esos cuatro años, Marcos había perdido las energías y su cuerpo seco y tembloroso recordaba frecuentemente sus amores pasados, lo que le aumentaba en gran medida todo ese dolor reprimido. Pero era a las cuatro de la madrugada cuando Marco se daba vuelta una vez más sobre su ancha cama y veía a una mujer arropada hasta la cabeza —igual que él—. Al verla sus fuerzas se le renovaban un poco.

Y era así en ese estado taciturno en que la contemplaba, estando ella muy serena, indiferente a las amarguras de él, pero intentaba no prestarle atención al desapego emocional que ella siempre le mostraba, porque al final era ella quien le calmaba la tempestuosa tormenta que se ceñía con violencia sobre su corazón.

Pero eran pasadas las cuatro y cincuenta de la mañana cuando Marcos comenzaba a acariciarle los cabellos enredados con una pasión que le revolvía el cuerpo. Era ese el momento en que también él la rodeaba con sus tímidos y amarillos brazos. Pero no recibía de vuelta los mismos tratos.

La piel de ella era áspera y cortante, sin embargo, eso a él poco le importaba, porque por lo menos así, con ella, la cama no andaba vacía.

Cuando Marcos perdía la noción del tiempo era cuando la estrujaba fuertemente, pero ella seguía sin mover ni un pelo, no le decía nada, era inexpresiva y él lo sabía, pero como siempre, no les prestaba atención a esas banalidades.

Cuando las fuerzas se le iban a Marcos, esperaba un rato para recuperarse y entonces volvía a apretarla con rudeza y con una bravosidad tan asfixiante que la reventaba.

A Marcos no le importaba, aun cuando con el estruendo despertaba a todos los vecinos como alarma, no, no le importaba, es más, seguía apretándola con sus abrazos hasta que a ella se le salía todo el aire y él continuaba así, sujetándola con firmeza hasta que dejaba de sentirla. Era ahí cuando a Marcos la agonía le retornaba, porque nuevamente la soledad lo tomaba como compañía inseparable en esa cama ya de por sí deprimente.

Él intentaba calmarse. Respiraba hondo y en silencio trataba de contener el dolor de su pesado corazón. Pero no podía hacerlo, nunca lo lograba, porque siempre, a eso de las cuatro con cinco de la madrugada ella se le desaparecía en las narices. Y era en ese estado agitado de soledad retornada en el que Marcos sentía de nuevo a la vida misma escapándosele y le entraba un temor incontenible al verse a sí mismo con una vida imposible junto a otra persona. Se ponía entonces así a rezar con real dramatismo aquellas palabras de ese poeta español:

—La soledad es muy hermosa... cuando se tiene a alguien a quien decírselo —Luego se consumía en el silencio.

Después de eso, se levantaba de la cama por segunda vez, en la fría y odiada madrugada y sacaba de una de las tantas cajas de ese armario azabache un empaque pequeño de color rosado, y nuevamente regresaba a la comodidad de su cama espaciosa, vacía y lánguida. Quitaba los restos de la mujer que lo había acompañado todo un día hasta la madrugada, destapaba el paquete e inmediatamente después de hacerlo, como si fuera un globo, una mujer de plástico se inflaba.

—Ya está —suspiraba Marcos tristemente mientras se ceñía en un abrazo mucho más vehemente contra ella, en un intento encolerizado por recuperar la compañía de una mujer ya irreal y desfigurada.

Soledad, cuestión de perspectiva

Por Mariana Mc Ewen Sierra

Es cierto que la sociedad nos ha enseñado a estar acompañados y, en ese orden de ideas, nos ha mostrado que estar "solos" es sinónimo de no encajar; además, el ser humano por esencia teme a lo desconocido, eso pensaron dos jóvenes que, separadamente, observaban con curiosidad y detenimiento ciertos comportamientos de las personas que se paseaban por el parque central de Elora, Ontairo.

Unas personas, a primera vista, dieron impresión de estar pensativas, otras felices, otras apuradas y otras simplemente pasaban, curioso fue que todos aquellos que pasaron iban acompañados, sin embargo, cada quien iba en lo suyo; esta serie de actos los llevó a preguntarse: ¿será tal vez que la soledad es un arte no comprendido aún? Ambos observaban a las personas desde una banca del parque central de la localidad, ella sentada y él paseando a su alrededor, mientras disfrutaban del frío otoñal de las hojas desvistiendo los árboles que pronto estarían cobijados por la inmaculada blancura del invierno, del sol iluminando, con sus últimos rayos, el lugar y ocultándose a su vez por el horizonte, con el viento helado jugando con sus cabellos y sus mejillas.

Capítulo I

Un cambio de vida voluntario

Annie era una pequeña inquieta y curiosa, se preocupaba por saber todo aquello que acontecía a su alrededor y en efecto se enteraba de todo aquello que ocurría; su familia estaba conformada por sus dos padres, y ella, por ser hija única, tenía que ingeniárselas para jugar sola, aunque eso no era un problema.

Jugaba a ser una aventurera que recorría el mundo y sorteaba dificultades con éxito, realizaba expediciones en la jungla y en las montañas más altas, zarpaba barcos con velas grandes que conducían a tierras sin explorar y misterios por descubrir. Annie sabía divertirse, aunque de vez en cuando no le hubiera disgustado ir a las expediciones y zarpar barcos acompañada de alguien más.

Su padre era arquitecto y su madre era contadora por lo que ambos tenían tiempo escaso para compartir con la pequeña, aun así, Annie a su corta edad entendió que la soledad no era mala, al contrario, podía imaginar mil aventuras sin que nadie ni nada la interrumpiera en aquel espacio que ella misma creaba en su mente.

Había pasado su niñez en Toronto, una ciudad reconocida por su industrialización y por ser el centro económico de Canadá, por lo que había muchas ofertas laborales para sus padres, allí su vida transcurrió tranquila, amena y, a decir verdad, un poco solitaria.

No se le dificultaba ser sociable con sus compañeros de estudio, se llevaba bien con todos y se divertía durante su estadía allí, no obstante, cuando volvía a casa después de la jornada escolar se encontraba sola y sin nadie con quien hablar, solo dos muñecas que, de vez en cuando, la acompañaban en sus mil aventuras.

Cuando Annie ya había pasado la niñez y comenzaba la adolescencia, sus padres quedaron desempleados y cayeron en quiebra, por lo que pensaron que lo más conveniente era mudarse a un lugar más pequeño y hacer ellos mismos empresa, pero no sabían cómo decirle a su pequeña sobre su decisión, sin saber estos que Annie ya había percibido que se encontraban preocupados y que hacía varios días ninguno iba a sus respectivos trabajos por lo que la pequeña, ya no tan pequeña, les dijo:

—Sé que están preocupados, lo he notado los últimos días, no sé cuál es su decisión al respecto, la que sea es por nuestro bien, estaré de acuerdo donde sea que estemos juntos.

Sus padres agradecidos por esas palabras de aliento y de confianza, emprendieron el viaje que cambiaría sus vidas.

Annie, junto con sus padres, se había mudado de Toronto a un pequeño pueblo de Canadá llamada Elora, Ontairo, cuando tenía 17 años de edad, al llegar a este lugar, la valla de bienvenida tenía la siguiente inscripción: "Un lugar para permanecer siempre", le causó gracia, y se dijo así misma:

—Qué inscripción más curiosa, es un pueblo pequeño y no hay mucho por hacer acá. —No obstante, observó con atención cada cosa que veía a su paso y lo que le produjo fue una sensación de que algo nuevo estaba por ocurrir, tenía expectativas, estaba abierta a vivir nuevas experiencias y a conocer nuevas personas.

Sin embargo, no fue fácil para ella adaptarse al cambio, daba un poco de miedo, pues había dejado una parte de ella atrás y este era un nuevo comienzo, nuevas personas, nuevas etapas y nuevas cosas por descubrir… Era un carrusel de situaciones. En resumen, demasiado a la vez, y más para una adolescente que cuestionaba cada cosa que se encontraba a su alrededor, aun así, Annie se caracterizaba por ser empática, sociable y aventurera, por lo menos en su mente, pues en su infancia había socializado con sus compañeros de estudio, pero, con la transición de la niñez a la adolescencia, eso había cambiado un poco y ahora prefería pasar más tiempo a solas que con los demás.

Pasados algunos días desde su llegada, recorrió las calles, y visitó algunos lugares, sentía la brisa del viento mientras caminaba sin rumbo, a donde la llevaban sus pies; era una chica soñadora que disfrutaba mucho de la "soledad", sin embargo, un día, sin saber cómo y cuándo, alguien mostraría otro lado de la realidad, haciendo mella en aquella joven solitaria y observadora que la cautivaría y mostraría otra cara de lo que siempre había pensado: la soledad era lo mejor y no había nada ni nadie que cambiara su parecer.

Habiendo conocido ya el pueblo al que se había mudado recientemente, encontró un lugar perfecto para ella; solía darse allí un tiempo después de terminar la jornada escolar, le gustaba observar su entorno y todo cuanto ocurría a su alrededor, así que, para estar cómoda y observar cuanto le apeteciera, se dirigió a un café cerca de su vecindario, ese día el viento soplaba fuerte y helado, entró en el lugar y tomó una bebida caliente; ese lugar quedaba en una esquina del parque principal de Elora; tenía grandes vitrales, silletería en madera, cojinería cómoda, luz cálida y un estante con algunos libros, en fin, un lugar acogedor y tranquilo en el que podía pensar y observar a gusto y, quizás, conocer nuevas personas.

Frecuentaba a menudo el café, aunque no de forma rutinaria, aun así, se sentía regocijada cuando se sentaba en una de las mesas de aquel lugar, especialmente la del centro del vitral frontal, allí tenía una perspectiva más amplia de aquello que ocurría dentro y fuera del café que, para ella, se había convertido en su "espacio personal", por lo que se hacía más íntimo.

Había recorrido todas las calles de Elora, curiosa de todo cuanto podía observar y conocer, veía cómo las personas se paseaban, reían, conversaban, otras que pasaban solas, pero todas las personas eran amables saludando a su paso y eso era agradable para ella.

Las calles eran algo estrechas, silenciosas, algo pintorescas, tranquilas y, lo más importante, eran reconfortantes; el aire era puro, el viento hacía jugarretas con las nubes, y las hojas y capullos pintaban el pavimento de una manera encantadora, los árboles estaban revistiéndose tras el invierno, por lo que el pueblo vestía de uno y mil colores, las flores brotaban con sus colores brillantes e iluminaban los senderos y caminos, las personas salían recurrentemente y el pueblo se hacía cada vez más ameno y acogedor. Como era su costumbre, Annie se dirigió al café, su lugar favorito en todo Elora, ya que había asistido a otros lugares de la localidad, pero en ninguno se sentía como allí.

El día estaba demasiado hermoso como para desperdiciarlo yéndose a casa finalizada la jornada escolar, por lo que se dirigió rápidamente a aquel lugar, al llegar, observó las personas que se encontraban allí y advirtió una figura "nueva", por lo menos para ella, esa persona se encontraba sentada en la última mesa, cerca al estante de libros; por su vestido y contextura corporal asumió que se trataba de un chico de su misma edad o, por lo menos, muy cercana, así que Annie, caracterizada por su curiosidad, se sentó mirando hacia el desconocido y observó atentamente su comportamiento. El chico tomaba de una taza humeante al tiempo que leía un libro con detenimiento, tanto que, ni una sola vez, por el tiempo que estuvo allí levantó la mirada (o por lo menos por el tiempo que Annie lo estuvo observando), lo que la hizo pensar cuán concentrado estaba en la lectura.

Annie se había quedado observando sus rasgos cuidadosamente, era un joven delgado y alto (podía deducirse por el largo de sus piernas y sus brazos), tenía cabello corto de color negro ébano, nariz y labios finos, cejas pobladas, ojos color café, almendrados, atentos e intimidantes, que se paseaban en cada una de las líneas de aquel escrito que parecía tan interesante.

Annie Wilson había tenido algunas teorías mientras lo observaba, en primer lugar, pensó que tal vez era un chico recién llegado como ella y que así pasaba el tiempo. Posiblemente él pensaba que en lugares como este podía conocer personas y relacionarse fácilmente después de un pasar un rato. Luego pensó que quizás era alguien introvertido y prefería estar a solas en un espacio silencioso leyendo un buen libro.

"No está mal", inquirió ella, "la soledad es algo para apreciar y no algo para aborrecer. A lo mejor vive acá y suele venir a este lugar, pasar sus tardes, y luego hacer otras cosas que tenga pendientes… En fin, lo que sea", repuso mentalmente, "no lo había visto hasta hoy y me ha causado inquietud, tal vez lo vuelva a ver mañana o quizás no lo vuelva a ver, ya veremos qué pasa".

Al paso de unas cuantas horas, ya caída la tarde, el chico se levantó de su asiento y se dirigió a la salida, no sin antes preguntarle a Annie:

—¿Qué tanto piensas y observas que no has apartado por un segundo tu mirada de mí?

Ella algo incómoda y sorprendida exclamó:

—¡Nada! —Al mismo tiempo que tomaba sus cosas para salir, apenada por haber sido tan obvia al mirarle fijamente durante la estancia en aquel lugar.

—No lo creo —remató él—, aun así, déjame presentarme. Mi nombre es Erik Münkurt, resido en este bello lugar, espero que te guste tanto como a mí —dijo mientras mostraba una sonrisa encantadora. Luego se apartó, conversó un rato con el dueño del café, pagó la cuenta y se dirigió a la salida.

Luego de aquel encuentro "furtivo" pasaron días y algunas semanas sin tener ni la más mínima señal de aquel joven. Annie se sentía frustrada, desde entonces no había pasado nada interesante en su vida y Erik Münkurt había creado en ella una montaña rusa de dudas e inquietudes y, aun así, no había quién o qué las despejara, él era el único que podría darle respuesta, pues solo conocía su nombre y que vivía en Elora.

Pasaron unos días más y Annie ya se iba haciendo a la idea de que algunas cosas no tienen respuesta inmediata y que la misma vida se encarga de dar las respuestas en el momento indicado, sin embargo, inquieta, guardaba la esperanza de que llegara el día en que pudiera encontrarlo y hacerle las preguntas que tenía en mente luego de haberlo conocido.

El tiempo transcurrió y Annie cada día se enamoraba más de Elora, sus calles cada vez eran más hermosas, la gente más acogedora, sus paisajes de ensueño, el café, como siempre, catalogado como su lugar favorito. Elora era su lugar soñado; ya había crecido lo suficiente como para emprender vuelo y realizar sus estudios superiores, por lo que se postuló a la Universidad de York, desde hacía tiempo atrás había decidido estudiar psicología, ese era su plan e iba tras ello para conseguirlo.

Ad portas de marcharse y emprender una nueva etapa en su vida pensó en aquel hombre misterioso con sonrisa encantadora y aura agradable que se topó por casualidad aquel día en el café, se detuvo y pensó con una sonrisa nostálgica: "Lo guardaré como un grato recuerdo, un gusto furtivo, un amor efímero, una admiración inigualable, tenía algo misterioso".

Empacó sus maletas, se despidió de sus padres, montó en el bus que se dirigía de Elora hacia Toronto, pasó por la valla a la entrada del pueblo y recordó aquello que había pensado al entrar en ese pintoresco y acogedor pueblo que le había brindado gratos recuerdos y los mejores momentos de su vida hasta ahora.

Elora, Ontairo, era en definitiva "un lugar para permanecer siempre".

Capítulo II
Sucesos inesperados

La familia Münkurt estaba conformada por Aksel, el padre, Astrid, la madre, Derik, el hijo mayor y Erik, el menor, los Münkurt se caracterizaban por ser una familia unida y alegre, estaban rodeados de lujos, diversión y amor, sus padres tenían altos cargos políticos y tenían una vida tranquila en la que todo transcurría de la mejor manera, todo era perfecto.

Derik y Erik se llevaban muy bien, todo lo hacían juntos, aunque tenían gustos diferentes. Derik era poco expresivo, aunque con sus familiares se mostraba cariñoso, disfrutaba del tiempo a solas y se las ingeniaba cuando Erik no estaba en casa para jugar con él, así que inventaba personajes e historias donde él y su hermano eran los protagonistas, le gustaba leer libros de ficción y escuchar música clásica. Por otra parte, el hijo menor prefería estar acompañado, siempre le gustaba jugar con su hermano mayor y, si este no estaba, prefería dormir o ver la TV, aunque era más expresivo que Derik, no le gustaba estar a solas.

Pero no todo fue color rosa, sus padres habían caído víctimas de una represalia política debido a su trabajo, fueron amenazados y, debido a ello, tuvieron que salir de inmediato de Noruega dejando todo atrás, solo cargando con sus dos pequeños de tan solo 6 y 7 años de edad.

Luego del arduo viaje que sortearon, por fin llegaron a Elora, Ontairo, en Canadá; como la familia Münkurt era educada y había sido adinerada, no fue muy difícil para ellos hacer buenas relaciones sociales con los habitantes de aquel pueblo que los había recibido con hospitalidad y amabilidad.

A la entrada del pueblo Erik leyó una valla que decía: "Un lugar para permanecer siempre", pero era tan pequeño que no entendió su significado y siguió el camino tras sus padres y su hermano.

El suceso vivido por la familia había conmocionado a Aksel de manera significativa, aun así, nada lo detuvo para conseguir que su familia tuviera lo necesario y poder emprender algo importante en ese lugar que les brindaba una nueva oportunidad, por ello se dedicaron a realizar labores sociales y a trabajar duro por conseguir una casa y poderse brindar todo lo necesario para vivir de buena manera, por lo que el padre y la madre trabajaban sin descanso en cualquier cosa que resultara, todo con el fin de poder brindar un techo y comida a sus hijos, que aún eran pequeños y no podían servirse por sí mismos. De igual manera, los pequeños Derik y Erik estudiaban en una pequeña escuela y seguido ayudaban con los quehaceres de la casa.

El clima fue inclemente durante las jornadas laborales, debido a eso el padre había resistido grandes cambios de temperatura, por lo que su salud se fue deteriorando rápidamente, sin embargo, se levantaba cada día entusiasmado, faltaba poco para conseguir aquello tan anhelado por la familia, un lugar para vivir tranquilos y juntos, pues lo más importante para los Münkurt era la familia, solo eso, nada más.

Unos pocos años después de la llegada de la familia Münkurt, por su arduo trabajo y su disciplina, habían logrado amasar un buen dinero para comprar la casa en la que habían vivido desde que llegaron, la casa pertenecía a una anciana llamada Mery, era una mujer alegre y hospitalaria que, poco a poco, acogió a la familia Münkurt como a sus propios hijos.

Los Münkurt ya tenían un mejor trabajo y todo parecía marchar viento en popa, ya Derik y Erik estaban más grandes y todo estaba bien para la familia, si no hubiese sido por ese día que comenzó alegre y terminó… de otra forma.

Los Münkurt se encontraban haciendo un viaje a las cataratas de George, cerca de Elora, allí disfrutaron del paisaje, pero el viaje no finalizó como lo tenían planeado, caída la noche la familia retornó al pueblo, pero la carretera estaba oscura, llovía fuertemente y, en segundos, cambió la vida para todos los Münkurt. Lo que no sabía Erik era que el más afectado sería él.

El pueblo se consternó por el suceso, ¿qué sería del pequeño de ahora en adelante? Erik, acostumbrado a estar con su familia, jugar con Derik y estar en casa con sus padres, ahora se encontraba solo, no por gusto, sino porque así lo quiso el destino.

Mery, que había conocido a la familia desde que había llegado, se hizo cargo del pequeño Erik, lo alimentó y educó, le proporcionó todo cuanto estuvo a su alcance, sabía que no remendaría el daño que había en su corazón desde aquel episodio, pues el chico que se caracterizaba por ser extrovertido y juguetón se convirtió en alguien callado y solitario. Mery sabía que era un proceso por el que Erik debía pasar, pero también sabía que, en medio de su soledad, se sentía agradecido con ella por ser su compañía en esos momentos amargos para él.

Pasado un buen tiempo luego del suceso de su familia, Erik se dio a la tarea de hacerse amigo de los habitantes de la comunidad, la verdad es que no le gustaba mucho estar a solas, por lo que decidió ocuparse en todo aquello cuanto le fuera posible, así que, cualquier favor que le pidieran, por muy tonto que fuera, lo hacía con el mayor de los gustos.

Prontamente se volvió el "querido" de la localidad, era admirado por todos, conocido por pocos, pues, aunque se mostraba alegre y presto a siempre ayudar, en su interior se sentía algo solo, extrañaba a sus padres y a Derik, aunque con el paso del tiempo había aprendido a vivir con ello.

Erik ya tenía 18 años cuando, una tarde, observó que una familia llegaba nueva a Elora, al parecer eran dos adultos y una adolescente, por el aspecto de la chica Erik dedujo que se trataba de alguien de su misma edad o, por lo menos, contemporánea a él.

Cuando la chica bajó del auto, Erik se quedó mirándola de arriba abajo, tenía ojos verdes, cabello negro, tez blanca, cejas gruesas, nariz fina y labios gruesos, para él, una chica hermosa, pero no tenía tiempo para esas "banalidades" debía hacer muchas otras cosas y no podía desviarse del camino.

Pensaba: "Si estás solo no estás expuesto al dolor de la pérdida de aquellos seres queridos", y con ese pensamiento concluyó: "La clave del éxito es la soledad". A pesar de que era sociable y hospitalario con todos aquellos que conocía, no se relacionaba con nadie.

Una tarde fría, en que Erik descansaba, pasó por el café central del parque de Elora, así que entró, saludó al dueño, conocido suyo de hacía tiempo atrás, pidió una taza de café y se sentó en la última mesa al lado del estante de los libros, a veces le gustaba perderse en la lectura y ese era un buen lugar para obtener su cometido, unos instantes más tarde, vio que en la mesa central del vitral frontal se sentó aquella chica que le había llamado la atención. Por lo que había escuchado, recién se había mudado allí, entonces inquirió que no tenía muchos amigos aún.

Erik continuó en lo suyo sin que nada lo perturbase, sin embargo, sintió una mirada fija en él así que miró de soslayo y advirtió que la chica lo observaba con detenimiento y curiosidad... Esto le causó gracia, pero no le dio mucha importancia, seguía firme en su pensamiento y no permitiría que nada lo distrajese, aunque para ser sinceros la chica generaba en él algo que no podía explicar...

Días después, Erik había estudiado los movimientos de la chica y encontró que esta concurría habitualmente el café, así que este dejó de asistir, igualmente tenía mucho por hacer y era mejor aprovechar el tiempo en otras cosas en lugar de ir allí.

Tenía planeado asistir a la Universidad de York, era un chico soñador y trabajador que sabía cómo arreglárselas por sí mismo, total, desde pequeño había tenido que aprender que la soledad no era mala y que esta, junto con Mery, habían sido su única compañía desde la pérdida de su familia.

Prontamente partió a cumplir sus sueños y durante ese tiempo no regresó a ese lugar en el que, si bien había perdido lo más preciado, también había encontrado algo muy valioso, se había encontrado consigo mismo y sabía de qué era capaz…

Pero antes de marcharse, sabía que regresaría algún día a su hogar, "un lugar para permanecer siempre".

Capítulo III
Encuentro sorpresivo

Habían pasado algunos años desde que Annie había dejado la escuela, cambió un poco, se había vuelto más solitaria, incluso un poco más "tranquila", aunque exigente con ella misma. Ya no hacía sueños en el aire, sino que los escalaba y los hacía realidad, desde pequeña sintió curiosidad por todo aquello que la rodeaba y por el comportamiento de las personas que se hallaban a su alrededor, por lo que comenzó sus estudios superiores en Psicología en la Universidad de York, en Toronto, justo como había planeado al llegar a Elora.

En ocasiones, se le venía a la mente la inscripción "Un lugar para permanecer siempre", y, aunado a ello, se venía a su mente la imagen de Erik Münkurt. No sabía con exactitud qué era lo que le había llamado la atención en su adolescencia de aquel chico, lo único que sabía era que tenía ese bello recuerdo y que lo atesoraba con amor.

Annie amaba lo que hacía y se esforzaba cada día por aprender nuevas cosas, en uno de los cursos, el profesor hablaba sobre la "soledad" y la subjetividad de la interpretación que puede tener ese término en las mentes humanas… "Cosa curiosa la mente humana", pensó Annie mientras escuchaba con atención.

El profesor comenzó explicando, una a una, las cinco clases de soledad:

—*Soledad existencial:* es aquella en que te sientes vacío y frustrado, pues con el crecimiento se van adoptando creencias e ideologías impuestas, haciendo que la persona se sienta bajo presión y no pueda tomar sus propias decisiones y es ahí cuando se siente invadida. "Encajar no es sinónimo de estar en el lugar correcto, ni con las personas correctas".

»*Soledad emocional:* es aquella que surge de haber idealizado y proyectar grandes cosas en un sentimiento, y cuyo "fracaso" (de esa relación o sentimiento) genera un vacío, sintiendo ausencia física ya sea de una pareja, un hijo, hermano, padre, madre…, y no es necesariamente que se hayan ido, es sentirte solo aun cuando esas personas se encuentran cerca. Esta soledad genera soledad emocional e incluso soledad existencial. "Sentirse solo, aun estando acompañado".

»*Soledad transitoria:* aparece por el cambio repentino que ha sufrido una persona, ya sea porque comenzó un nuevo trabajo o se mudó a otro lugar. Aunque es temporal, como su nombre lo indica, es el sentimiento inevitable de soledad que experimenta una persona al pasar por esas situaciones, además esta clase de soledad puede generar problemáticas en la salud. "El humano teme a aquello que desconoce".

»*Soledad positiva:* es cuando no hay ausencia ni carencia de nada, es cuando te encuentras contigo mismo, disfrutas de ese espacio, es la soledad voluntaria, donde ese silencio, esa compañía, se convierten en requisitos para obtener beneficios para la salud física y mental, conectar con las emociones, recargar energía, ser independiente y por medio de ella tener mejores relaciones sociales. "Estar solo y sentirse acompañado, sin carencia ni ausencia, esto es sentirse completo".

»*Soledad crónica:* esta se caracteriza por carecer de contexto, es decir, que la soledad crónica aparece como una "protección" para aquellas personas que no logran conectar de manera profunda con otras, las personas que la padecen se encierran en una burbuja sin que nadie pueda acceder a ella. "La soledad es un buen lugar para estar, sin embargo, no es el más aconsejable para permanecer".

Annie interpretaba la soledad como el espacio en que podemos conectar con nosotros mismos, saber qué es aquello que nos saca de nuestra realidad, eso que te tranquiliza, lo que te gusta y no te gusta, aquello que genera ansiedad, lo que queremos y lo que no, es encontrarse con su yo…

Amar la soledad es amar la libertad, pues es ahí cuando no somos juzgados y podemos ser, esa era su conclusión, sin más ni menos.

No es que odiara estar en sociedad, por el contrario, era muy sociable y se llevaba bien con sus compañeros, pero, de vez en cuando, se daba su espacio para estar en soledad y disfrutar de ese pequeño espacio que solía llamar "paz", su filosofía de vida era simple: "La vida es un regalo y no puede desperdiciarse, no se sabe qué se va a encontrar y por eso se debe tomar la vida como viene y hacer que valga la pena cada día". Por eso siempre estaba dispuesta a no saber qué iba a pasar o a quién iba a conocer…

Una mañana se dirigía a clases un poco apurada, iba corriendo cuando chocó con alguien, cayó al piso un poco atolondrada y, al darse cuenta, no lo podía creer, era… Erik Münkurt, no sabía qué hacer o qué decir, solo se quedó inmersa en ese momento y pareció que todo se detuvo y no había nada más en tiempo y espacio.

Él la ayudó a ponerse de pie mientras le preguntaba:

—¿Te encuentras bien? —Y ella mirándolo fijamente respondió—. ¡Sí, estoy bien!

Ambos se dirigían en el mismo sentido por lo que siguieron el camino juntos; Annie estaba invadida por aquello que había pensado: "En fin, lo que sea, no lo había visto hasta hoy y me ha causado inquietud, tal vez lo vuelva a ver mañana o quizás no lo vuelva a ver, ya veremos qué pasa…".

—¿Me recuerdas? —preguntó ella rompiendo el hielo.

—Sí —respondió él—, te recuerdo de aquel día en el café.

—¿Qué ha pasado contigo? Solo supe tu nombre y nada más.

—Sabes más tú de mí que yo de ti, si lo vemos de esa manera, por lo menos sabes mi nombre, yo no conozco el tuyo.

—Bueno, déjame presentarme, soy Annie Wilson.

—Mucho gusto, Annie Wilson —respondió él, mientras en su rostro se esbozaba una pequeña sonrisa.

Annie era más abierta a entablar conversaciones con los demás, a diferencia de Erik, que por su aspecto parecía más reservado y callado. Así que Annie prosiguió:

—¿Qué haces acá? ¿A qué te dedicas?

—Estudio medicina, ¿y tú?

—Estudio psicología, siempre me ha llamado la atención, me parece fascinante el comportamiento de la mente humana.

—Interesante —respondió él—, debo irme por este lado, que te vaya muy bien, espero pronto volvernos a encontrar.

—Igualmente —dijo ella—, hasta que nos volvamos a encontrar.

Días después, se reencontraron en el mismo punto de aquel día en que habían chocado y poco a poco por medio de conversaciones un tanto cortas, pero significativas, comenzaron a crear una relación de amistad.

Con ocasión de dichas conversaciones, Annie percibió que Erik era bastante bueno para expresarse, aun así, era un poco reservado y no había logrado socializar con muchos, unido a ello, nunca hablaba de su familia o gustos, solo hablaba de lo que hacía en el día, de lo que estudiaba y nada más. Aunque era interesante hablar con él, había algo que no lograba descifrar.

Por su parte Erik había notado en él que se sentía lo suficientemente cómodo con Annie, cosa que no había pasado sino con su familia y con Mery, aquella anciana que con amor lo había acogido y había procurado todo cuanto estaba en sus manos para hacerlo sentir mejor… Era extraño que se sintiera así con alguien con quien no había compartido mucho, viéndolo objetivamente habían pasado unos cuantos meses desde aquel encuentro sorpresivo con Annie, a pesar de ello se sentía bien, bastante bien.

Las conversaciones entre ambos se siguieron dando de manera habitual, Annie compartía con facilidad sus gustos, contaba historias y anécdotas y habla con propiedad de aquello que hacía y amaba, Erik, un tanto más reservado comenzó a "abrirse" un poco más con ella y le comentaba sobre lo que pensaba hacer luego de graduarse de médico, le contaba sobre Mery y lo que hacía a diario mientras estuvo en Elora.

El chico comenzó diciendo:

—Te confieso que me sentí un tanto nervioso cuando ese día en el café me observaste fijamente, estaba acostumbrado a los habitantes del pueblo de Elora, pero no estaba acostumbrado a que alguien me mirara durante tanto tiempo. No soy bueno relacionándome con los demás, si bien me he caracterizado por ser colaborador y hospitalario, debido a que, por algunas circunstancias tuve que arreglármelas por mi cuenta, nunca entablé relación estrecha con nadie, sino con Mery, de la que ya te he hablado numerosas veces.

—Disculpa —repuso ella—, suelo ser curiosa, observadora y un tanto entrometida, por eso frecuentaba el café, de allí podía observar lo que ocurría tanto dentro como fuera del lugar, hacía poco había llegado de Toronto, debido a que mis padres, por situaciones laborales, tomaron la decisión de mudarnos al pueblo. Si bien al principio fue difícil adaptarme al lugar, puesto que no conocía a nadie, mis padres se mantenían ocupados y no tenía hermanos con quienes estar, siempre estuve sola, no me disgustaba, incluso considero que la soledad positiva es algo importante en la vida del ser humano, es el querer estar solo por voluntad y no porque algo o alguien te haya llevado a ese sentimiento o estado emocional, sin embargo, con el tiempo me fui familiarizando y encontré en él un lugar hermoso, era tranquilo, sus habitantes amables, así que, cada día para mí, fue más fácil.

»Es más, recuerdo que cuando nos encontramos en el café, luego de presentarte me dijiste: "resido en este bello lugar, espero que te guste tanto como a mí…". En realidad, amo ese bello lugar, imagino que me gusta igual que a ti, espero algún día volver allí, a Elora.

»Te digo todo esto porque hace poco en uno de los cursos hablamos sobre la soledad y los tipos de soledad que hay, es algo interesante porque la soledad es subjetiva, a veces viene de nosotros mismos, otras veces de terceros, en sí, es como se quiera tomar, de ahí que cada quien la interprete de maneras diferentes.

—Eso me hace sentir bien —exclamó él—, saber que, a pesar de que no seas de un lugar, se sienta como tu hogar… —Luego, se quedó en silencio un momento y siguió—. Lo que dices de la soledad es interesante, por tu historia deduzco que tu soledad fue voluntaria y así te gusta, aunque no tienes reparo en compartir tu tiempo con los demás, pero hay otros que la soledad sobrevino y tuvimos que soportarla y aprender a vivir con ella…

Annie se quedó mirándolo fijamente mientras él le expresaba lo que sentía acerca de la soledad, así que le preguntó:

—¿Hay algo que quieras manifestar?

Él entornó los ojos hacia el cielo y dijo:

—No soy de Elora, en realidad mi familia es noruega, pero por circunstancias ajenas a nosotros tuvimos que mudarnos de inmediato, nuestra familia estaba en peligro inminente y no podíamos escatimar en tiempo, así que, de un día para otro, luego de una amenaza tuvimos que huir, luego de un arduo viaje, logramos llegar. Mi familia y yo quedamos sin nada material, pero lo teníamos todo, estábamos juntos y eso era lo más importante, mis padres trabajaron arduamente sin descanso para conseguir una casa propia en que pudiéramos vivir cómodamente sin que nada nos faltara.

»Debido al trabajo pesado, mi padre enfermó, pero no fue impedimento para que ese hombre, al que admiro, se levantara cada día a trabajar sin reparo; mi madre estaba preocupada por los quehaceres de la casa y mi hermano y yo, niños aún, jugábamos y ayudábamos a mamá.

»Tiempo después mi padre logró comprar la casa que nos había proporcionado Mery desde que habíamos llegado (era una anciana encantadora, nos había acogido como si fuésemos su propia familia), estábamos felices, mis padres ya tenían mejores empleos y todo marchaba bien, parecía que nada nos faltaba, pero la vida no es siempre como se planea…

»Un día de vacaciones decidimos salir en un viaje familiar, disfrutamos del paisaje y la comida que mamá había preparado desde el día antes, estábamos ansiosos de salir a ese viaje, así que emprendimos el camino, el día estaba soleado, el viento soplaba, los árboles nos hacían sombra, mi hermano y yo íbamos jugando, y mis padres reían con nuestras ocurrencias, hicimos una parada en las Elora George Falls, era un lugar hermoso, nada podía salir mal.

»Caída la tarde retornamos al pueblo, pero el camino no fue tan benevolente con nosotros, la carretera estaba totalmente oscura, llovía demasiado fuerte, a todo el frente una luz nos enceguesió, mi padre perdió el control del auto y en segundos pasó lo peor, cuando desperté, ni mis padres ni mi hermano se hallaban con vida, te preguntarás cómo sobreviví, aún no sé por qué ni para qué, solo sé que estoy acá y que debo hacer lo mejor por mí.

»Debido a aquel suceso, aprendí a valerme por mí mismo en muchas cosas, Mery ya estaba entrada en edad y yo, debía ayudar con la casa, así que aceptaba cualquier trabajo transitorio o de tiempo completo que resultara. Al principio no fue fácil, no sabía hacer muchas cosas, pero con disciplina se logra, aprendí de plomería, electricidad, pintaba casas, ayudaba en restaurantes, incluso muchas veces te vi tras el mostrador del café, sentada allí en aquella mesa que parecía de tu propiedad.

Annie sonrió por el comentario que había lanzado Erik sobre la mesa, y continuó escuchando la historia atentamente. Erik continuó.

—De pequeño me caracterizaba por ser bastante extrovertido, era risueño y molestaba bastante, pero luego del suceso de mi familia me torné bastante frío conmigo mismo, no quería entablar relaciona profunda alguna más que con Mery, pues era lo único que tenía y, aunque era amable y colaborador con mis vecinos, ninguno de ellos sabía nada acerca de mí, solo sabían que había perdido a mi familia, sabían mi nombre y dónde vivía, nada más.

»Disculpa si te cuento todo a la vez, pero no me había sentido así con nadie, excepto con Mery, es algo extraño, pero me siento muy bien estando a tu lado y quise contarte quién soy, qué hago, qué pienso…

Para Annie y para Erik no era un secreto que ambos se sintieran bien estando juntos, aprendieron el uno del otro, Annie había disfrutado del tiempo a solas por propia voluntad, Erik había tenido que aprender a disfrutar de ella, así ambos aprendieron a gozar de su soledad al mismo tiempo que se hacían compañía, era, en resumen, el equilibrio perfecto.

Pasó el tiempo, la amistad seguía intacta y crecía cada vez más… Terminaron sus pendientes en Toronto y regresaron a Elora, aquel lugar que los había encontrado por cosas del destino y se había convertido en su hogar, era, en definitiva: "Un lugar para permanecer siempre".

Su conclusión fue simple: La soledad es algo que el ser humano conoce en teoría, aun así, desconoce en la práctica. La soledad es un arte sin comprender y que solo pocos tienen el privilegio de disfrutar.

Estar solos no significa que no haya compañía, y habiendo compañía no significa que no nos sintamos solos... En fin, la soledad es cuestión de perspectiva.

Soledad

Por Marcela Espitia

Compañera matizada de grises, que alberga en su corazón un poco de locura y calidez, sombras que se mezclan con los ruidos rutinarios de mi vida. Soledad que a veces, sin ser llamada, aparece para, de vez en cuando, revolcar mi mundo con los recuerdos palpitantes, atrapados en un viejo baúl que no miro a menudo y desbordan por salir y cobrar vida. Sí, esa soledad que tiñe algunos momentos, presos de nostalgia al mirar atrás, de pensar, de recordar y muchas veces de callar.

Ese frágil hilo entre la alegría y la tristeza que enreda mis manos y sacude mi cabeza, soledad que pone frente a mi mente todos mis sentimientos como un espejo que escudriña el alma sin reparo, sin permiso sin preguntar.

Soledad que conoce mis pensamientos, que aquieta la voz del alma entre lo correcto y lo incorrecto, vertiginosa y elocuente dama, que se sienta con propiedad en mi cabeza, que hace que muchas veces extrañe su presencia porque con franqueza revela toda mi esencia.

El dolor de mi soledad

Por Sandra Cáceres

Sobrevivo a mi soledad, al proceso profundo y doloroso que me hace sentir; en mi alma resuena el carcomer de mis huesos, el desgarrar de mis nervios y tendones; mis falanges, uñas y cervicales se quiebran, un dolor que cada célula siente. Duele, duele y duele constantemente, a veces de forma intensa, otras de forma estática, hace que me pierda en ese dolor, me sumerjo perdiendo mi propia identidad, llevándome al estado de niña indefensa, sin quién la mire, sin quién la acompañe.

Mi soledad enceguece, mi triste mirada no es capaz de elevarse por encima de mi situación, quisiera como águila ver desde lo alto el panorama que responde al para qué te siento, para qué te vivo, soledad, estoy a tientas en mi situación, en compañía de la confusión y la oscuridad.

Un corazón palpita, pero no vive, sobrevive. Unos pies caminan, pero duelen; unos ojos ven, pero no interpretan; unas manos hacen, pero no sanan; unos pulmones respiran, pero no oxigenan mi fuerza interior. Y esto —¿a cuenta de qué?— con seguridad está ligado a un extenso hilo de creencias, prejuicios que el mundo, la sociedad y los demás aprueban, juzgan, desaprueban y señalan mi esencia.

Mi soledad me ha llevado a caer en el mero hecho de encajar para otros, de estar para ellos físicamente en compañía, pero con la desconexión del alma; y me doy cuenta de que ella es mi compañía y quiero dar el primer paso con un "te veo, soledad".

Ven conmigo, no puedo ignorarte más, trae tu dolor, tu cansancio, tus creencias y confusión. Empezaré contigo, con un "gracias", gracias por lo que me has enseñado porque esta soledad, antes de ser física, estaba en lo profundo del alma, y desde allí insistentemente quería respirar sin dolor, sin presión, para reflejar mi esencia y verme a mí misma con ojos de amor y reconciliación.

Mariposas al vuelo

Por Luis Gerardo Baltazar González

El tecleo incesante del ordenador era tan ruidoso y absorbente que Alan se dio cuenta de que llevaba trabajando más de cuatro horas sin descanso cuando se detuvo para enderezar su espalda.

Su jefe le había reclamado esa misma mañana por su inasistencia al trabajo, diciéndole cosas como irresponsable, indiferente e inhumano.

—Requiero ese maldito informe para antes de las diez, mañana, o estás fuera… ¿Me oíste, maldito haragán? Me importa un diablo tus malditos problemas, dejaste a tu equipo solo, lo único que te pido es un informe, ni siquiera una página, pero lo quiero o estás fuera, definitivamente. —Fue lo último que dijo antes de colgar el teléfono.

Se levantó de la silla, alejándose del escritorio, se dirigió a la cocina, se sirvió un vaso de agua, la bebió con cuidado, lentamente.

—Si me permite hacerle este comentario, ese vaso lleva sin lavarse a alrededor de tres días, no recomiendo beber de ese traste. —Sonó una voz femenina que, si no fuera porque Alan sabía que se trataba de una voz preanalizada y duplicada por una máquina, en definitiva, habría creído que una mujer se encontraba a su lado.

Alan revisó el vaso de cristal detenidamente a contra luz, dándose cuenta de que, en realidad, todo el interior estaba salpicado por manchas marrón semi traslúcidas.

—Demonios, Ingrid, me hubieras avisado antes.

—Lo lamento, me indicaste quedarme en autoreposo cuando trabajas, por tanto, no…

—No importa, déjalo así —concluyó molesto Alan.

Tomó el vaso y lo dejó en el lavabo, donde reposaban dos platos y un tenedor.

—Ingrid, ¿podrías bajar el nivel de la luz un poco? —Al momento la luz del departamento bajó de un tono blanco a uno levemente amarillento—. Gracias.

Alan se recargó contra la barra de la cocina que unía un lavabo, estufa y unos cuantos cajones por debajo, en el cual había distintos electrodomésticos, como una licuadora, un filtro de agua y un refrigerador chico.

Vio su departamento, con la cama junto a la ventana, junto a la cabecera, un escritorio con una computadora y altavoces, y exactamente ajustado a la pared, la puerta que llevaba al baño.

En medio de la habitación se encontraba una silla de plástico blanca y un cesto de ropa sucia junto a una caja de plástico del mismo tamaño con la limpia.

—Alan, ya ha pasado más de una semana desde que no sale del apartamento, recomiendo salir un rato a pasear o encontrarte con un amigo, este estilo de vida puede afectar tu salud de manera drástica y…

Alan chasqueó la lengua frustrado, últimamente Ingrid se había dedicado a darle monólogos larguísimos y técnicos.

—Está bien, está bien, saldré, no tienes por qué preocuparte.

Se apresuró a la puerta principal tomando su chamarra y cajetilla de la cama, azotando la puerta tras de sí al salir del apartamento. Su paso acelerado se fue agravando mientras llegaba a la ventanilla del otro lado del pasillo, el cual tenía un letrero por encima que rezaba "administración".

Se detuvo un momento, ya más de un año desde que había visto a su casero en persona, desde que había comenzado su trabajo en el deportivo de los electricistas no había tenido necesidad, cada pago se lo entregaba por transferencia bancaria, si es que llegaba a haber un problema o junta, él solo le indicaba por correo sus responsabilidades...

—Como sea.

Giró a la derecha y abrió de par en par la puerta principal, solo cuando soltó el frío cristal estuvo completamente fuera del edificio.

Se sentó al borde de la banqueta, sacó un cigarro de la cajetilla junto a un encendedor, lo encendió y empezó a exaltar el humo, cada bocanada era una mancha gris en el aire.

Se sentía mal de haberle gritado a Ingrid, era ridículo, lo sabía, sentirse mal por una inteligencia artificial.

Joss, su mejor amiga desde la preparatoria, era quien se la había recomendado, después de contarle la noticia de su nuevo trabajo, le recomendó tener un asistente virtual, haría las cosas más fáciles, la primera opción era Alexa, pero, claro, Joss no desperdició el momento de darle publicidad de su trabajo.

—No compres esa basura, solo te espía y no sirve de nada —había dicho esa tarde—, mi empresa está trabajando en una nueva asistente virtual, vinculable con cualquier dispositivo, la puedes tener incluso sin internet, además de personalizable, se va ajustando a tus necesidades y hábitos.

—Lo más nuevo —dijo Alan en un susurro.

Se quedó unos momentos sentado, sin pensar mucho, sin saber mucho

Terminó su cigarro, viendo por última vez cómo el sol se iba apagando en el horizonte, tiró la colilla en la calle, lejos de él. Regresó al interior del edificio, el cual estaba apenas un poco más caliente que afuera, cruzó ese interminable pasillo hasta llegar a su puerta, la última y más descuidada de todas, entró sin mucho apuro, tomó del armario una bolsa negra de plástico, recogió la ropa sucia del cesto para meterlo en la bolsa, tomó su teléfono y audífonos inalámbricos.

—Ingrid, vincúlate con mis audífonos.

—En seguida —respondió esa voz electrónica. En su oído derecho, sonó un "bip. Audífono conectado". Alan guardó el estuche de los audífonos en su bolsillo—. ¿Se dirige a algún lugar?

—Sí, vamos a la lavandería.

Volvió a salir del departamento, cruzó el pasillo y esta vez, ya en la calle, avanzó por la banqueta hacia la izquierda, cruzando una tienda y dos casas llegó a la esquina, donde se alzaba una farmacia con estacionamiento propio, el cual, en ausencia de carros, cruzó hasta llegar a unas escalinatas que conducían a la bien iluminada lavandería que, a pesar de ser las siete de la tarde, tenía unos focos blancos que no dejaban punto ciego alguno, incluso buena parte de la calle se iluminaba por ellos, dos filas de lavadoras y secadoras continuas intervenían por el medio del lugar.

Pegado al lado de la pared por donde entró, Alan cruzó hasta un espacio más libre, donde había una hilera de apenas cinco asientos, y atrás un recibidor.

—¿Hola? —preguntó mientras se acercaba a la barra y dejaba la bolsa en el suelo—, ¿disculpen? Quisiera dejar esto para que se lave.

Nadie respondió, se estiró para ver la puerta que estaba al fondo, llegó a ver unos tubos y ganchos que sostenían distintas ropas envueltas en plástico, pero claro, no había nadie.

—Si es que desea puedo iniciar el circuito de lavado de alguna máquina.

Alan en sus años en aquel lugar, nunca había aprendido a usar una lavadora, siempre prefería llegar y dejar su ropa, más fácil y rápido, sin tener que estar hablando con alguien o soportar preguntas tontas, pero en aquel momento el lugar estaba vacío, ni en la calle se veía gente.

—¿Tendría que hacer algo?

—Solo meter tu ropa en la lavadora.

Estaba frustrado por no poder hacer lo de siempre y, a pesar de que prefería estar en casa haciendo cualquier otra cosa, estaba afuera por Ingrid, no lo expresaba, pero Alan estaba seguro de que se preocupaba. Gracioso, una máquina con sentimientos; imposible, lo sabía, pero le tranquilizaba verlo de esa manera; a fin de cuentas, hacía mucho que él no salía, y claro que eso no era sano, aunque él no lo viera de esa manera, ella, por su base de datos, siempre rodeaba posibilidades negativas.

Además de que, en cierto modo, Alan la extrañaba los primeros meses y traía a Ingrid todo el tiempo en el audífono mientras iba de un lado a otro, se sentía como si estuviera en una misión secreta, con su fiel acompañante tecnológica ayudándole con lo que él no podía.

Muchas veces dejaba a sus amigos para preguntarle cosas a Ingrid: ¿Cuánto tiempo le quedaba para entregar trabajos? ¿Cuándo tenía cierta cita? ¿Qué cosa había olvidado y qué debía hacer? Recuerda en específico una vez, estando en una exposición de su propuesta para la reestructuración del financiamiento del deportivo que, por medio del audífono, el cual su pelo tapaba, Ingrid le decía qué decir o qué responder cada vez que algún miembro hablaba.

—Ahora hay que cerrar la tapa —le interrumpió de golpe Ingrid.

Al parecer se había quedado pasmado un momento frente a la lavadora con la bolsa negra en mano.

—Ah, sí, claro. —Rápidamente empujó y cerró la tapa con su pierna—, bueno, ahora a esperar.

Alan se fue a una de las bancas y se sentó, mirando el blanco techo, le rememoró a la universidad, el inicio específicamente. Después de un rato de no haber aplicado a una, por fin lo había hecho, entró al Instituto Politécnico Nacional, ¡oh!, qué escuela, uno de los grandes referentes mexicanos, no dejaban de decirlo.

Lo que él no podía era hacerles saber que ni siquiera quería entrar, y mucho menos ser contador, pero así era, aun así, ya estaba ahí y lo iba a terminar. Sin embargo, las primeras semanas fueron en extremo tortuosas, no traía una buena racha desde la secundaria, demasiados conflictos y problemas, por más que él intentará entablar conversaciones o integrarse a algún grupo, todos lo excluían, no era cómodo estar ahí, siempre terminaba aislándose en los lugares más alejados y solitarios de la escuela, pasando simplemente el rato hasta que comenzara la siguiente clase. Al igual que ese momento, sentado en alguna banca, observaba las nubes juntarse y separarse, sin saber qué parte de ellas había sido la primera.

El dolor en el pecho era insoportable, como si te amarraran la boca del estómago, no paraba de repetirse la misma cinta. "Patético, qué inútil, ni siquiera un triste saludo llega".

Y no podía evitar creerlo, porque así era, luchaba cada día con la desesperación de llorar, de simplemente gritar y dejarlo todo…, pero… simplemente no podía, por más que lo deseaba, no le salía, la garganta se le cerraba, ni un triste alarido emitía.

Eso hasta, hasta… que llegó ella. La primera vez que se habían cruzado, Alan no pudo evitar verla, entró en el salón segura y confiada, vestida con una chamarra de cuero, playera corta, pero holgada, y un pantalón de mezclilla rematado con unas botas negras y un accesorio metálico que tenía una forma de mariposa colocada justo al lado derecho del cinturón; dio un chequeo con la mirada por el salón, deteniéndose en él, se puso rojo al momento, intentó disimularlo tristemente.

—Hola. —La chica ya se había parado del otro lado de su pupitre, señalando la silla a su derecha—. ¿Está ocupada? —preguntó.

—Ah, no, no, está libre si quieres.

—Gracias —le sonrió la chica mientras se sentaba.

Ese día no importó la clase, no importaron las participaciones o los temas, Alan solo podía pensar en cómo hablarle, si se sentiría incómoda con él al lado, o si simplemente no importaba.

La campana sonó, y antes de que él pudiera hacer algo, ella tomó sus cosas en extremo rápido y se fue. Dejándolo ahí, solo nuevamente.

A los dos días siguientes se volvieron a encontrar, compartían dos clases juntos, y el encuentro se repitió, volviéndose a sentarse juntos. Ya esperaba el mismo desenlace, nada increíble pasaría, decidió mejor intentar concentrarse en la clase, metió la mano en el bolsillo del pantalón listo para apuntar.

—¡Ah! —exclamó sorprendido—, tiene que ser una broma.

—¿Está todo bien? —preguntó la chica a su lado, aquella que tanto quería ver, se dirigió directamente hacia él.

Alan intentó disimular su sorpresa y fascinación.

—Ah, sí, claro, solo que no traje mi pluma, y…, bueno, es lo único que normalmente traigo.

—¡Oh! No te preocupes, mira, te presto una —dijo la chica estirándole una pluma azul de gel.

—Muchas gracias. —Cuando la tomó la chica sonrió casi para sus adentros y regresó su atención a la clase—. Por cierto —ella volvió su cabeza a él de inmediato—, me llamó Alan.

—Yo me llamo Andrea.

Y así pasaron los días, comentarios sueltos de tanto en tanto, a veces en referencia a la clase, otras como chistes y otros más sin nada que ver. Alan empezó a soltarse más, dejando las conversaciones fluir. Había veces en las que se quedaban en el salón en las horas libres, hablando de cómo iban sus días y problemas.

Un día ella le dijo:

—Oye —interrumpió de pronto Andrea después de ver un momento su teléfono—, ¿quisieras venir conmigo y mis amigos?

Alan aceptó gustoso, sus días se transformaron aún más, se empezó a juntar con su grupito de amigos y a hacerse cada vez más cercano, por fin estaba en una mesa que no estaba vacía, había risas y pláticas a su alrededor, las cuales no lo ignoraban, ahora también eran suyas

Aunque había algo que le molestaba, y era que Andrea, al ser también parte de la dinámica del grupo, ya no centraba su atención en él. Esa sonrisa, esa bella sonrisa que ella tenía, bordeada por sus labios de un tono rosado apenas perceptible, custodiados por una estela de pecas que cruzaba sus pómulos y nariz, y finalmente coronadas por sus ojos avellanados, esos ojos que derramaba calidez, esa mirada, lo hacían sentir en casa.

Comprendía a la perfección su propia arrogancia, al querer tenerla, anhelar su mirada para él, sus brazos y calor para su confort, tener su voz llena de alegría con esa velocidad que adquiere uno cuando habla de algo que le gusta.

Solo tres veces le había oído temblar la voz. La primera, fue cuando no la aceptaron en la academia de arte, se había derrumbado frente a él, estaban solos y no pudo aguantar el llanto.

—No le digas a nadie, por favor, que sea entre nosotros dos —le había rogado Andrea llorando en su hombro.

En ese momento, lo único que pudo hacer fue abrazarla, darle un escudo contra el mundo, una base donde no tuviera que estar en guardia, la llevó a su casa y ahí hizo todo para hacerla sentir mejor, le preparó la mejor comida que podía hacer, vieron películas juntos y jugaron distintas cosas, quería que se sintiera mejor, no curar su dolor, pero sí que se olvidara de sus cargas por un día.

La segunda vez fue cuando se escapó de su casa, Alan fue al primero que llamó justo después de hacerlo, lloraba a través del auricular, ese día llovía.

Él salió corriendo por media ciudad para ir por ella, la encontró protegiéndose con el techo que sobraba de una casa, estaba mojada. Alán, intentando acercarse con sus brazos, le tendió su chamarra al instante e intentó llamar a un taxi. Fue ahí cuando Andrea juntó su cabeza al hombro de él, agarrando calor mientras él tenía su brazo alrededor de sus hombros, entonces ella le preguntó.

—Mi héroe —susurró—, ¿puedo quedarme en tu casa?

Y así fue por un par de semanas, él poseyó su atención eterna, tuvieron pláticas extensas que inundaban sus días, inmersos momentos juntos, cercanos, cautivados por las horas que fluían, cual agua, por el río.

Pero…, pero se acabó, la perdió, Alan tenía esperanza, había visto cómo Andrea había rechazado montones de chicos, arrojando sus sentimientos por un acantilado, pero esperaba, de verdad que lo hacía, que con él pudiera ser distinto.

Se dirigió a donde regularmente se reunían, encontró a Andrea junto a su grupo de amigos, platicando y riendo.

—Andrea, oye, ¿podemos hablar un momento?

—Claro, dime qué pasa.

—Mmm, quisiera decírtelo en privado.

Ya conocía la mirada de Andrea, estaba extrañada, quería molestar, reírse un poco, quería que Alan se avergonzara, le parecía divertido hacerlo de vez en cuando, además de que ya empezaba a atraer miradas no solo de sus amigos, sino de su alrededor en general.

—Vamos, escúpelo ya —dijo alguien, no pudo averiguar quién fue.

Estaba totalmente rojo, completamente sonrojado, miró nuevamente a Andrea, su cara era ahora de preocupación, de incrédula sorpresa, claramente internamente se decía "no lo hagas, por favor".

—Yo… Yo… Tú me gustas, Andrea.

Imposible, desgracia sea cedida a tu descendencia y a tu destino, valeroso o estúpido. Alan se había confesado a Andrea. Pudo ver cómo su expresión se transformaba a una mirada burlona, y sabía que era fingido, no podía ser verdaderamente suya, era a causa de las risas de alrededor que iban en aumento.

—No seas ridículo —empezó Andrea—, yo nunca andaría con alguien como tú, un… en desperdicio para mí.

Las lágrimas se acumulaban en los ojos de Alan, no podía evitar soltar algunas, ya no podía soportar el coro de risas que abarrotaba el lugar.

Intentó salir de ahí, empujando a todos para poder avanzar, era eterna esa pasarela de burlas y dedos señalándolo, hasta que pudo ver un camino libre y echó a correr.

Sin embargo, un cuerpo robusto se interpuso, un tipo se paró frente a él, ni siquiera lo conocía, pero le dijo:

—Qué patético.

Alan subió la mirada, para verlo a los ojos, él sujeto tenía una cara de desprecio, de arrogancia. Ya estaba harto, ya no aguantaba más, estuvo luchando todo el tiempo, desde que llegó a ese infernal lugar, controló su ira, intentó mantenerse calmado con un temperamento firme. Pero esto, esto había roto su compostura, entonces, lanzó su puño a la boca del sujeto.

Por el impacto, ambos se balancearon fuera de la multitud, aquel se tapó la boca intentando contener la sangre que brotaba, pero Alan lanzó otro puñetazo izquierdo a su oído, y entonces el desconocido cayó al suelo. Alán se abalanzó sobre él e internó sus puños en la cara del tipo, uno tras otro, no paró, fue hasta que se detuvo para acomodarse que se detuvo, apenas si podía reconocerle el rostro detrás de la sangre y las llagas. Su respiración era agitada, no podía oír ni sus propios pensamientos. Volteó a ver a la gente, todos estaban en silencio, parados lejos de él, lo miraban con horror. Alan vislumbró a Andrea detrás de algunas personas, estaba llorando, lo miraba triste, con las manos en la boca; tal vez era ilusión de él, pero ella parecía… arrepentida.

—Yo… —empezó a mascullar, pero un golpe feroz en la nuca lo dejó inconsciente.

Días después regresó a la escuela, únicamente para recoger sus papeles, lo transfirieron, gracias a que su tío trabajaba con los directivos, no lo mandaron a un reclusorio, solamente logró que lo expulsaran de la institución sin más consecuencias, y claro, por insistencia de su madre iba a presentar el examen de otra universidad, así que necesitaba recoger el historial que tenía.

El día no fue grato, se encontró con murmullos por todos lados y miradas de desprecio o terror, la verdad no le importaba, solo fue cuando se cruzó con Andrea que se detuvo.

—A… Andre…, yo… —Andrea volteó la mirada, rápida, pero severa, en sus ojos se veía el desprecio y odio, una mirada que gritaba "muérete".

Se quedó ahí, petrificado, ya no había nada, ya no tenía nada.

Abrió los ojos, lento y perezosamente, se encontró con un techo blanco iluminado por luces igualmente blancas.

—¿Despertó? Espero haya descansado.

—Ingrid. —Se estiró pesadamente, acomodándose en la silla—. ¿Cuánto tiempo dormí?

—Alrededor de cinco horas.

—¿Qué? ¿Pues qué hora es?

—Son las 12 de la noche.

—Joder, ¿la lavadora ha terminado? —Se rio internamente —. ¿Qué pregunto? Claro que sí. —Echó un vistazo rápido a toda la lavandería—, ¿has visto a alguien?

—No, nadie ha aparecido desde que llegamos.

Se levantó de la silla caminando un poco para despertar sus piernas.

—Ingrid, ¿oyes eso?

Un sonido rápido y apresurado se oía cada vez más cerca, Alan volteó a ver la entrada de la lavandería, un chico, no más alto que él, un adolescente, vestido con una túnica negra y encapuchado, se acercó. Instintivamente Alan dio unos pasos atrás. El sujeto encapuchado tendió una mano hacia él, ofreciéndole una placa de metal, casi del tamaño de su palma, dudoso la aceptó, el encapuchado salió corriendo al instante del lugar.

Alan inspeccionó el objeto de metal que reposaba en su mano, al momento la sangre le hirvió en las venas, su mirada saltó a la calle, corrió en su dirección, saliendo del local, volteó a todos lados buscando a ese chico que le había dado la mariposa que Andrea siempre llevaba en su cinturón.

—Le recomiendo buscarla —interrumpió Ingrid.

—¿Qué?

—A Andrea, es raro que no tenga su broche.

Quería gritarle a Ingrid, cuestionarla de por qué demonios sabía de esa mariposa o cómo chingados sabía de Andrea. Pero no podía pensar, no ahora, solo se preguntaba dónde estaba Andrea y no dudó ni un segundo en salir corriendo a la izquierda.

Corría lo más rápido que podía, nunca se había destacado por ser un atleta, ni mucho menos, pero aun así avanzó a gran velocidad por las calles. Estas se encontraban completamente vacías, no había carros ni gente en ningún lado, ni siquiera las luces de departamentos o casas estaban encendidas, solo las mismas de la calle y del metro.

—¡EL METRO! —Alan se dirigió corriendo a una de las entradas, bajando las largas escaleras sacó su tarjeta, la pasó por el escáner, pero el torniquete no giró, la siguió pasando, pero no giraba—. Ingrid, ábreme.

—Lo lamento, pero no puedo.

—¿Qué? ¿Cómo que no puedes?

—Lo siento, pero si te diriges a ella, ya no regresarás —Antes de que Alan pudiera decir otra cosa, la voz robótica sonó más alta, interrumpiéndolo—, me refiero a que si la buscas, ya no podrás regresar a la vida que tenías, no te dejarán regresar, solo te harás daño.

—No entiendo, ¿de qué hablas? Dilo claro.

—Lo siento, pero si quieres avanzar, me dejas aquí mismo, además, no hay metros, no están avanzando.

—Pero…: —Quería discutir, pero no podía, ¿qué significaba lo que le había dicho? No lo sabía.

Su vida hasta el momento había sido miserable, solamente hablaba con Ingrid, y eso era lo único que lo mantenía cuerdo, calmado. Ingrid siempre le había recomendado formas de control de ira, siempre era ella la que lo calmaba o dialogaba para apaciguarlo. La quería, de cierto modo, era su ancla…, pero por la misma razón debía dejarla, se sacó el auricular del oído y lo dejó en el final de la escalera.

—Lo siento, de verdad lo siento, pero la necesito. Hasta luego, Ingrid.

Subió corriendo las escaleras, salió a la calle, siguió corriendo.

No sabía cuánto tiempo llevaba así, solo sabía que todo su cuerpo le gritaba que se detuviera, sus músculos ardían con cada movimiento, sentía que en cualquier momento sus piernas colapsarían y lo harían rodar por la acera. Pero no se detuvo, no podía hacerlo, su corazón nunca había desprendido tanto deseo y sus ojos tanto éxtasis, cerró los ojos, forzó a todo su cuerpo el continuar, el seguir avanzando.

—Corre, muchacho, corre.

Alan abrió los ojos, de un momento a otro, había pasado de estar corriendo por calles vacías a estar rodeado de montones de grupos de gente, todos arremolinados a su alrededor vitoreando su carrera, el cielo incluso se movía con él, las estrellas salían de sus asientos para iluminar su camino.

Hoy no había nadie que se le interpusiera.

Cuando llegó a la casa de Andrea, nuevamente solo y bañado en sudor, observó cómo las paredes y ventanas reflejaban los fuegos artificiales que habían comenzado hacía unos segundos, si no fuera por ellos, no vería nada, pues la calle entera se encontraba en tinieblas.

Se acercó a la puerta, sorprendido, se dio cuenta de que estaba abierta, entró subiendo las escaleras, no dudó en dirigirse directamente a la habitación de Andrea, había pasado mucho tiempo en aquella casa, se sabía el camino de memoria, pasar enfrente de la cocina, por el pasillo hasta el fondo, encontrando unas escaleras de caracol, se llega a otro pasillo y la última puerta, esa es su habitación.

Tocó la puerta cortésmente, pero fuerte.

—¿Andrea? —Esperó unos momentos, y sin respuesta decidió entrar.

Enfocando un poco los ojos y con ayuda de los fuegos artificiales, observó adentro, triste, se dio cuenta de que no había nadie, sus cosas se encontraban intactas tal como las recordaba, y justo antes de que saliera para inspeccionar la casa, vislumbró algo en el buró que estaba a la derecha de la cama.

Se acercó para ver qué era.

A simple vista hubiera dicho que era su mariposa del cinturón, pero, claro, él la tenía en su bolsillo, tomó el objetó para verlo más de cerca, se dio cuenta de que no era una mariposa, sino una polilla, le dio la vuelta, sorprendido vio que tenía grabado en la ala "Alan".

Intentó retener las lágrimas que le pedían rodear sus ojos, siguió viendo el buró, donde un sobre se encontraba, lo agarró con la mano izquierda mientras guardaba la polilla metálica, reconoció nuevamente su nombre en el sobre, con dolor y escepticismo lo abrió, sacó y desdobló una hoja: era una carta, sin perder tiempo se apresuró a leerla.

Querido Alan:

No sé si algún día llegues a leer esto, aun así, quiero que se sepas esto, y es que lo lamento, aquel día que confesaste tus sentimientos por mí, no era mi intención rechazarte, al contrario, he de ser honesta, y es que también me gustabas.

Pero toda la gente, como estaban, me hizo hacer lo que hice, y me arrepiento muchísimo, cuando te vi reaccionar de esa forma, te desconocí, sabía que era mi culpa, pero, aun así, lo vi, te vi, esa era tu naturaleza, mi Alan ya no estaba.

Y por más que suplique perdón a la vida, no me retractaré de no volver a ti, no después de ver a tu verdadero yo. Yo me enamoré de mi Alan, mi héroe… Hasta luego, mi rota y bella polilla.

Con cariño, Andy.

Alan dejó la carta de regreso en el buró, sin decir una sola palabra salió de la habitación, recorrió la casa sin prisa, tardando más tiempo del que había tardado cuando entró, los fuegos artificiales continuaban.

Derrotado y agotado se arrodilló frente a la banqueta, al final nada había valido la pena, si hubiera resistido un poco más, puede que todo hubiera sido distinto.

Nuevamente, se había quedado solo, por su desesperación lo había perdido todo, Ingrid se encontraba muy lejos, su hogar también. Incluso su antiguo hogar, donde había poseído el paraíso por un momento, ya no era suyo.

Solo quedaba mirar al cielo, mientras el gran desfile negro se acercaba, con sus tambores y botas resonando en el suelo, esta vez ya no había pelea que ganar, ni héroe que llamar, ni ojos que añorar o máquina que consultar, solo lágrimas que se fundían con la lluvia, corriendo por su mejilla para soltarse en su barbilla encontrando en el asfalto su fin.

Sentido

Por Diana Paola Castillo Pereira

Me sentí tan profundamente sola esa noche que temí enloquecer, alejada de todo y de todos, en un espacio demasiado profundo en mi alma al que solo yo tenía acceso. Pero ninguna locura pasó, todo estaba extrañamente tranquilo y en calma; la tristeza se dispersó y la constante insatisfacción en la que vivo sumergida desapareció. Ahí, en la nada absoluta, pude ser yo misma quien hablara con dulzura y sinceridad a mi corazón, sin ninguna intervención arbitraria del mundo, sin miedo a defraudar a alguien, sin miedo a no caber, sin miedo a sentirme demasiado grande o demasiado pequeña para mi propio cuerpo, sin preocuparme por la opinión ajena, sin preocuparme por decepcionar a todos aquellos que tienen la desgracia de ser cercanos a un espíritu caótico y hambriento como el mío.

Estando ahí la soledad me marcó un nuevo camino, uno que por más fuerte que gritara dentro de mí, todo el ruido inútil de este mundo moderno no me permitía escuchar. Y me sentí plena por descubrirlo al fin.

Ahora no le temo; la anhelo, la busco constantemente, porque ha sido lo único que ha logrado poner de acuerdo a una mente inquieta y a un corazón ardiente.

Esta princesa no es real

Por Dana Camila Troncoso Pulido

La he conocido cuando dormía, entre sueños y pesadillas, a veces con los ojos pesados, cuando me recuesto sin almohada. La hice mi amiga cuando tuve mi primer golpe de realidad, sintiéndome ínfima, fue ella quien reconfortó mi cuerpo con silencio y tranquilidad.

Ella me ha abrazado en medio de la muchedumbre, cuando las personas se ven bizarras ante mis pupilas, en el banco, en el cine y en la tienda. Tan callada, tan pasiva y tan potente para también agrietar mis profundidades, ella, la que se ha vuelto un ratón, corriendo en puntitas llegando a roer cada rincón de mi interior.

Claroscuro sería la palabra adecuada para definir mis recuerdos a su lado, ya que mi vida no pertenece completamente a la bruma. Eventualmente, me ha atrapado en medio de la brisa cuando he subido a la montaña o tratando de correr en contra del agua e incluso cuando he rozado la hierba con mi nariz, cuando hemos estado juntas he sido minúscula, colosal o a veces magnífica, con un corazón grande, inmenso y una sonrisa plantada en el pecho.

Hoy, redactando esto, quisiera decir que aquellos recuerdos generan en mi alma un pequeño musgo, algo verde con olor fresco, pero, al contrario, me resguardan en una edificación construida sin ápice de color y que no invita a los sueños.

Aquí me percibo como una princesa olvidada, un fantasma deambulando por confusas escaleras.

Cuando recorro este mundo interior, perdiéndome, encontrándome y tratando de localizar un atisbo de luz, me tropiezo con pensamientos conflictivos y deseosos de hallar nuevas aberturas en mi existencia, por ejemplo, recurrentemente reflexiono acerca de ser más que una princesa muerta, aquella que cuando sale de su mundo solo tiene desconfianza y percibe lo demás como brusco e incómodo, por lo tanto, solo desea resguardarse en el castillo donde es infeliz, pero puede controlar su miedo.

Paradójicamente, encuentro verdadero placer en esta idea, en huir, desaparecer y me doy ánimos gritando por los pasillos, "esta princesa no es real", no obstante, estoy atada, haberle dado forma a mi padecimiento lo hace más afable. Quizás dando textura y color, he podido encontrar sosiego en medio de tantas lagunas. Optaría por salir de esta vivienda semejante a un castillo, si no estuviera ligada a esta vieja idea y a aquella amiga que he mencionado antes, en el principio.

Mi querida soledad me ha ayudado a construir un gran muro, con guardias muy selectivos sobre a quién dejan entrar. Ella, compañera de vida, es recelosa con el universo y me cuida de manera especial, ya que, en cada situación agobiante del mundo real, suele tomarme de la mano, conducirme por muchas puertas para finalmente descender al mundo de sueños e ideaciones del que me es tan complicado salir.

Soledad es, a decir verdad, más que un estado de aislamiento, supongo que innumerables personas tendrán conceptos penosos acerca de ella, pero subjetivamente hablando, es la única que ha atendido mis llamados de auxilio cuando debo enfrentarme con la existencia.

Además, no puedo culparle de aquella tristeza que cautiva mi corazón, aunque sé que es responsable de producir variados y dudosos mecanismos para protegerme, es innegable que he generado un vínculo fortísimo con la calidez que me produce, porque sí, a pesar de estar perdida en un castillo, ella me proporciona diversas comodidades que, resumidas y rápidamente mencionadas, serían: libertad y consciencia.

A lo mejor las siguientes preguntas: ¿Libertad de qué? ¿Consciencia de? Se asoman por su cabeza, querido lector. Bueno, respondiendo brevemente, carezco de cohibición para pensar, es decir, he llegado a comprender que, a diferencia de lo que muchos creen, está bien convivir con pensamientos buenos y no tan buenos, si bien hay días bastantes nublados por las depresiones, sé que tengo a derecho a desencajarme mentalmente, no poseo un espíritu excelente, pero eso está bien.

Ahora, la segunda respuesta: sencillamente es que he aprendido qué es lo que no quiero y sí quiero ser, mi preocupación por el futuro es casi inexistente, en ocasiones no podré decir lo mismo del pasado o del presente, pero, sin lugar a duda, cada día recorriendo mi castillo, lo he convertido en un espacio profundamente reflexivo.

He llegado a probar la parte más dulce de la melancolía en este lugar, de hecho, me reconcilié con la cruda verdad de ser incapaz de atrapar las fantasías que tanto tiempo he perseguido. Nunca habría sido tan consciente de mis capacidades e incapacidades si no hubiera construido esta madriguera.

Numerosas de mis características han sido descubiertas en, irónicamente, compañía de mi gran amiga, quien desde luego me las ha celebrado en el más amigable de los silencios, algo que me conmueve ampliamente, porque en estas ocasiones me he permitido recordar que, naturalmente, mi alma no se encuentra en profundo letargo.

A diario debo recorrer muchos recovecos dentro de mi alma y es evidente que habrá pasajes más claros que otros, probablemente no tendré que abrir solo puertas, también ventanas, pero ya no siento tanto pavor por lo que pueda toparme. Sé que en mí deberán coexistir los opuestos, porque más allá de mi percepción de princesa desconocida, soy un ser complejo que ha sido ayudado por una noble amiga, ahora, ya no desconozco lo sensible, lo delicado.

Gracias a la soledad sé que me gustan las comidas cremosas, que prefiero los duraznos en jornadas de tristeza y las fresas cuando es un día nublado; además me entusiasmo con la idea de quedarme mirando el cielo, porque sí, me gusta la belleza y lo que se siente como una caricia.

Podré ser una princesa muerta, pero quizás algún día me conciba como un dragón o una sirena, quién sabe, a lo mejor y podré pensar en mí así, de manera simple, siendo nada, solo un cuerpo con brazos, piernas y cabeza. No estoy tan interesada en conocer qué será de mí en un futuro, por el momento solo quiero reconocerme y no soltar esa mano amiga, carente de ruido, pero llena de significado, ojalá nunca pierda el abrazo, mi amada soledad.

Sentimientos en soledad

Por Nathalia Nieto Ayala

Y de repente estábamos allí. Ella con su gran inmensidad, silenciosa, pero tan hermosa y única como ninguna otra en el mundo, observándome profundamente, consumiéndome los pensamientos, los deseos y las ganas, transformando todo mi ser sin tan siquiera decir nada, poniendo mis sentimientos de cabeza, haciéndome creer que soy capaz de todo y nada en el mundo, emocionándome por cada segundo que pasaba con ella.

Mientras tanto, por mi parte, tan solo la observaba cuidadosamente, y veía todos sus efectos en mí, haciéndome sentir que junto a ella florecería con el tiempo, así como la tierra y el agua después de algunos días logran germinan una pequeña y delicada semilla, para que luego sea la más hermosa flor.

Aunque, para ser sincera no siempre me hacía sentir así, en ocasiones sentía que todo se acababa, que no había motivos para seguir viviendo en este mundo, que no era capaz de ser alguien por mí misma, que no existía razón alguna para seguir luchando, y me hacía caer en mis pensamientos más oscuros, banales y sin sentido, despertando mis miedos más profundos, mis inseguridades y mis penas, arruinándome en tan solo un segundo, hasta que Dereck aparecía y cambiaba todo en mí…

Por otra parte, después de romper su relación de años por una infidelidad, Dereck la veía desde su mundo, de una manera diferente, sentía que era un reto (el reto más grande que había tenido en su vida), porque a pesar de ser un don Juan, no sabía cómo estar con ella, no sabía por qué lo hacía sentir así, tan indefenso, tan vulnerable, sin control de sus emociones, creyendo que no estaba completo, como si algo le faltara en su vida, llevándolo a un punto de desespero tan absurdo que ya ni siquiera podía reconocerse cuando se miraba al espejo, pensando que no tenía valor alguno. Pero lo que él no sabía es que cuando lograra descifrarla y conquistarla, encontraría lo mejor de él, un Dereck capaz de hacer cualquier cosa y sentirse feliz, lleno y completo, un Dereck que quizás ni él sabía que existía.

Pero para que ambos pudiéramos estar juntos, debíamos aprender a vivir con ella, con su misterio, su majestuosidad, con toda la belleza de la tan temida soledad, entender ese constante e inestable altibajo de emociones y pensamientos que siempre nos iba a causar; porque solo así llegaríamos a amar a alguien en el mundo, pero más importante, que, tan solo siendo solo amigos, Dereck llegara a amarme a mí.

Uno más en soledad

Por Heidy Katerine Franco Vasquez

Esta es la historia de un muy querido amigo mío, que se encuentra en todos, y se llama Soledad, pues él es vacío que alguno de nosotros sintió alguna vez como le pasó a Erick.

Erick es un joven que en este momento de su vida pasa por sus 25 años, se encuentra estudiando contaduría, vive con sus padres y trabaja; es un joven que a simple vista puede ser como tú o yo, tiene buenos amigos, son los que más conservó después de terminar su bachillerato; eran tres, a veces poco es suficiente.

Erick, por lo general, era un chico amable, solitario, tímido y algo expresivo, cuando se encontraba en confianza, claro; pero como mucho niños, jóvenes, adolescentes y adultos pasa por cambios en su vida, estos pueden ser muy emocionales, más cuando se trata de sí mismo y cómo se siente al respecto de quién es. Aunque parezca un joven normal, por dentro él se siente vacío como si algo en su vida le faltase, como si todos fueran completos extraños a su alrededor. Él encaja, él ríe y se divierte, pero sigue sintiendo un gran vacío en su interior como si tuviera un hueco en su corazón, es como si se alejara lentamente de la realidad. Claro que nadie lo nota puesto que siempre oculta su preocupación, su ansiedad, su angustia, pero porque, tal vez, no quiere preocupar a los demás. Teme que si se abre a los demás y cuenta cómo se siente, pensarán que hay algo mal en él y solo tal vez quiere evitar y no reconocer que hay algo que le falta, y que lo hace sentir incompleto.

***

"Yo cada día, cada mañana, cuento las horas y los minutos para que el día pronto se acabe, en esos días en los que me siento diferente desearía ser como la brisa que es pasajera. Yo quisiera que el día fuera como un destello que desaparece en la oscuridad, que este pasara rápido. Yo oigo el silencio y siento el vacío, pues tengo miedo, pero igual avanzo y sigo girando, sigo mi camino y avanzo forjando el camino que, poco apoco, voy recorriendo, pues aún soy joven, tan solo tengo 25 años.

Sé que no es nada, sé que pronto este vacío estará pasando, seguramente es que no he dormido bien. *¡Mentira! Tú lo sabes, no puedes simplemente ignorarme, sabes que estoy aquí, ¿no es verdad?* Tengo a mis amigos y compañeros de la oficina y a mis padres, aunque no siempre están presentes, siguen conmigo, pero es extraño, sé que están conmigo, pero algo me oprime muy en el fondo; es doloroso y no lo entiendo. Hay ocasiones en las que no tengo ganas ni tampoco ánimo, hay veces que me pregunto si ellos, si mis padres, me han perdonado por mis errores. Sé que ya pasaron y que era más joven, pero a veces revivo esos momentos, no por gusto, solo pasa con algo que hago o veo, o que alguien simplemente dice o hace y por dentro siento algo oscuro, frío, muy amargo, algo que ni yo entiendo. Claro que no es siempre es así, pero a veces pasa. *¡Eso es peor y tú solo quieres ignorarme!*

Hoy me levanté como cada mañana, pero es extraño, hoy es uno de esos días en los que me siento ¡triste! Vacío. *¿Estás seguro de que no quisiste decir triste o tal vez solo?* Pero bueno, voy a ser optimista y seguir mi día con normalidad. *¡No! Siempre es* *igual, solo vas a fingir que estás bien otra vez y no es vedad.* Desayuné a las carreras, pero, uf, por poco llego tarde al trabajo".

—Ey, buenos días, Erick, ¿cómo estás? —dice Alexa, mi compañera del trabajo—. Veo que se te pegaron las cobijas, seguramente estuviste conectado toda la noche.

—¡Ahh! Hola, bien, sí, ¿y tú? Tienes razón, se me pegaron las cobijas, je, je.

"¡Mentiras solo te sentías mal otra vez!".

—Alexa, ¿y la jefa ya llegó?

—No, ella se encuentra en reunión en este momento así que tranquilo, no tienes que preocuparte, ya que ella llegó y se fue directo a la reunión, pero deberías avisar si se te hace tarde. Bueno, nos vemos más tarde, si quieres en el almuerzo podemos salir juntos a comer, claro, o solo pasar el rato en la cafetería.

—Umm, me gustaría. —*"¡Solo no quieres estar solo!, ¿verdad?"*—. Sí, tienes toda la razón. Avisaré la próxima vez, no te preocupes. Nos vemos.

"Vaya, parece que casi termino siendo regañado, qué bueno que la jefa está en una reunión. Mejor me pongo a trabajar en el balance de la compañía a ver si es que logro terminar más rápido que la última vez".

Mientras Erick trabaja, piensa:

"Alexa a veces se mete mucho en mi vida. *¡Ella solo te sugirió ir a comer juntos, no te hagas el importante!* Me resulta algo molesta, pero será mejor ignorar su comportamiento *¡En serio solo quieres alejarte de la gente inventando excusas baratas! ¿Qué? ¿Ahora piensas lastimar a alguien más aparte de ti?* Este balance sí que está pesado, me pregunto cómo le irá a Alexa, seguramente la debe de detener más fácil, yo en cambio sufro con este balance. *¡Eso se llama envidia, amigo! Por Dios, mira la hora.* Ya es hora de **ir** a almorzar, pero tengo que terminar rápido este balance para empezar a ayudar con la nómina, supongo que Alexa comerá con sus amigas, seguramente no le importe si yo no estoy, ahí solamente fui invitado por casualidad ¡O tal vez por lástima!, seguiré con esta nómina y luego tomaré un café bien negro, además tampoco tengo mucho apetito *¡Dilo, te sientes solo! ¿O es que acaso no te das cuenta de que solo quieres estar lejos de los demás porque no te sientes bien en ese ambiente? ¡Acéptame o solo seguirás ignorándome hasta que ya no puedas más!".*

Por otro lado, Alexa que ya se encuentra en la cafetería de la empresa y no ve a Erick por ningún lado, ella se pregunta si es que tiene mucho trabajo y si debería ir por él, ya que excederse no es muy bueno para la salud y de seguro está tan inmerso en su trabajo que ni la hora habrá visto. Cuando Alexa ya había tomado la decisión de bajar al área de costos, que es donde labora Erick, sus dos compañeras, Camila y Sandra, llegan y le dicen que coma con ellas y que de seguro a quien espere subirá pronto o cuando sienta hambre, esto ellas lo dicen de una manera muy sarcástica, ya que creen que a Alexa le gusta Erick.

Ella se siente algo conmocionada con respecto a la insistencia de estas, pero después de pensar un rato dice que sí y que de seguro él luego subirá, además no puede simplemente ir a un área diferente a sacar a alguien de su duro trabajo. Además, ¿cómo la verían los demás? Puesto que ella no quiere que piensen que le gusta o que le interesa y mucho menos que se armen chismes, ya que de por sí corren muy rápido. Sandra y Camila ya están empezando a armarse historias locas, así que ella se dispone a comer con sus dos colegas y de paso a quejarse un poco de su trabajo, hablar un poco de su vida y de paso pedir consejos de trabajo.

Mientras tanto Erick y su conciencia siguen pensando: "Uf, por fin terminé, iré por un café a la cafetería y luego iré al baño, puesto que necesito liberarme y seguiré con el siguiente trabajo, pero es extraño, otra vez me siento raro, me siento distinto y sé qué no son las ganas de ir a evacuar, es como si lo que acabo de terminar no hubiera sido nada, como si mis esfuerzos hubieran sido en vano, es como si nada hubiera valido la pena. *¡Ya me quiero ir a casa, ¿acaso tú no?, ¿desde cuándo le pones tanto esfuerzo a algo que no te llena?!*".

Erick está empezando a sentirse vacío nuevamente es como si la frustración, la pereza y los pensamientos negativos abrumaran su mente.

—Sí, ¡vaya descanso cuando fui al baño! Ese sí que estaba grande y eso que no comí nada en el almuerzo, no quiero imaginarme qué hubiera echo si el baño se tapaba. ¡Me quiero ir! Bien, sigamos con la nómina —dijo para sí en voz alta.

Después de unas largas horas de trabajo y mucho café, Erick terminó su trabajo, se despidió de los compañeros con los que rara vez conversaba y tomó rumbo hacia su casa, y dado que salió una hora más tarde que Alexa, tampoco hoy pudo hablar con ella.

"Fantástico, hay mucha cola para tomar el trasporte, a qué horas voy a llegar, me duele el estómago *¡¿Qué? ¿Acaso crees que no es por el hambre?!* Bueno, supongo que esperaré hasta poder subirme o empezaré a pelearme por un puesto en el bus. *¡No, ni se te ocurra, ya bien mal me siento como para tener que ponerme a aguantar a que me estrujen y oler sudores ajenos!* Hay un bus medio lleno, en este sí me voy, pero veo que hay trancón. Hoy fue un duro día, tal vez mañana sea mejor *¡Eso depende!*".

Más tarde, Erick llegó a casa y, como siempre, su mamá estuvo esperando a que llegara a salvo, y como ella bien conoce a su hijo para que no se acostara sin comer, le dio un café con dos sándwiches de jamón y queso y un par de galletas, luego se despidió de su hijo para ir a dormir más tranquila, ya que su hijo había llegado a casa.

"¿Por qué se queda a esperarme tan tarde a que llegue? Ya le he dicho que no tiene que trasnocharse tanto, seguramente hoy pase una mala noche, y solo por esperarme. *¡Solo sabes culparte, claro y luego me estas ignorando!*".

Erick terminó de comer, lavó los platos, subió a su habitación, se empiyamó y después de quedarse sentado por diez minutos mirando a la nada, reaccionó y se fue a cepillar los dientes, también usó el baño y no te diré qué fue lo que hizo, luego regresó a su habitación y se acomodó en su cama.

"Mi camita, sí, por fin pude acostarme, pero me siento tan pesado, todo el día me he estado engañando a mí mismo, ocultando todo lo que siento. Es como si fuera impotente frente a mis emociones, solo quiero desaparecer en la oscuridad de mi habitación, en el silencio de otra noche que se va".

Como nos podemos dar cuenta, Erick sabe que se siente mal, pero lo ignora, él no quiere ser diferente, quiere superarlo solo sin que nadie lo sepa y a veces es aguantable, pero ¿realmente creen que esto está bien? Claro que no, si él sigue así, llegará un momento en el que no podrá más y tal vez recurra a algo que hará que pierda a sus seres amados o que simplemente los hará entristecer y ellos se preguntarán: "No, ¿por qué si él siempre fue feliz, si no había nada mal con él?". Sencillo porque él no confiaba en que podía abrirse ante los de más, ni ante sus propios padres, porque de seguro solo lo juzgarían y lo mandarían con un psicólogo que lo ayudara o simplemente lo convirtiera en uno más de los que tienen que estar medicados para poder seguir adelante. No digo que eso esté mal, pero a veces estos pensamientos son los que hacen que muchas personas no pidan ayuda.

La vida es como una montaña rusa, un día o varios estamos bien y otros cometemos errores que nos hacen sentir vacíos tristes y sin ganas de siquiera respirar y, aunque la soledad es parte de nuestra sociedad, hay que recordar que no estamos solos y que podemos pedir ayuda de tantas maneras, tanto espirituales como personales, también amorosas, o encontrar un refugio en un amigo o en un extraño al que le puedes hablar en el bus. Hay tantas maneras y tantos motivos que yo te digo, amigo o amiga, seas quien seas, jamás te rindas, sigue avanzando que eres fuerte y podrás con esto y no solo lo leas, ¡créetelo! Porque es verdad, ya que tu mera existencia es un regalo para la humanidad.

Ella

Por Ángela Rocío Pachón Pinilla

Probablemente, mañana cuando abra mis ojos y me encuentre dentro de estas cuatro paredes sombrías, tal vez ya no quiera correr la cortina que arropa mi ventana, no quiera dejar que los rayos del sol se fundan en mi alma y desaparezcan la tiniebla y el moho que produce esta soledad, ella, que me ha enseñado que no es tan valioso el tiempo, en cambio sí que es interminable, que es lento y vacío.

El ácido de mis lágrimas bajando por mi cara me corta la piel, me anuda las venas, y mi sangre es fría como el hielo, mi cuerpo pequeño y remilgado en el rincón de este castillo oscuro, de mi castillo, suplicando que la vida tenga la bondad de terminar con esta alma confundida y negra. Veo mis manos, blancas, frías, sin fuerza, no saben de llevar las riendas, de empujar, ni de tocar; veo estos brazos que no saben de proteger, de abrazar, cubro con ellos mi cabeza y, aunque quiera gritar, nadie podrá escucharme; ella no me deja salir de aquí, me atrapa, sus ojos tan pequeños y frágiles, veo un infinito vacío en ellos, mi corazón tiembla, siente la indiferencia de su presencia, ella, ella es todo lo que tengo, ahora es mi presente.

El día vuelve a empezar y todo vuelve a mí como una película, la misma rutina, los mismos ojos nublados, el mismo cabello enredado que ha venido quedando en el olvido en mi almohada; vigilante en la puerta está ella, fría y sola.

La tina se ha llenado, mi cuerpo, mi escuálido cuerpo se deja llevar por el agua, me hundo con facilidad, cierro los ojos, solo quiero que esto termine. Todo a mi alrededor es silencio, un silencio fúnebre, de esos que no te dejan pensar, que te confunden, no hay canto de los pájaros, no existe una ciudad, solas en mi mundo, ella y yo. Las gotas de la llave mal cerrada caen, una a una, recordándome que no soy prioridad en la lista de caducidad, abro los ojos, respiro.

En la licuadora

Por Laura Gutiérrez Pérez

Si pudiera meter todo lo que quisiera en la licuadora
no colocaría espinacas, ni apio, ni aguacate,
ni mucho menos perejil,
para que de todo eso resultara
una bebida verde y babosa
que luego me tomaría.

Si pudiera meter lo que quisiera,
introduciría mis dedos, luego mi brazo
y luego toda *yo*,
para que alguien se tomara ese líquido
y yo pudiera desaparecer
unas horitas
y luego
me disolviera en otra cosa
que no fuera
yo.

Vacío

Por Miguel Huertas

Hay una noche ocurriendo en mi cabeza,

un alma violada aún mojada,

arrastrando un amor desperdiciado,

sin salida, abandonada.

Asfixiada en una lujuria venenosa,

inmersa en una violencia que demanda venganza,

deseando lo que quedo en la nada,

atrapada y sin esperanza.

Absorta en el vacío, desgarrada

en un mundo sin colores ni sonidos,

pidiendo por lo que nunca volverá,

ahora que toda la felicidad se ha detenido.

Dos poemas

Por Yohana Gavilán

1. La incondicional

Me dio por llorar hoy,
esta gripe se confunde con mi llanto,
las lágrimas se mezclan con la congestión;
mi compañía absoluta está evidente,
invisible y sensible,
ella la incondicional,
más que yo, más que nadie.

Es la sombra evidente de mis pesares,
el reflejo fiel de mi alma,
es aquella que me ha visto reír neciamente
y a lo lejos me presta su hombro, su consuelo.
Es mi compañera leal,
el fantasma latente de mi existencia
del humano frágil, raro y distante,
el que creó una coraza,
mi refugio seguro.

Es la consejera innata, una guía,
un faro en medio de un océano de incertidumbres,
una luz que extrae de mí lo más perverso,
el norte que busca su sur,
la mejor compañía y mi lección cada día.

El juicio se nubló
y la cordura se mudó.
Mentir, engañar, culpabilizar eso intenta,
tan equidistante, como impredecible,
es una en mil y yo el cero a la izquierda
que no entiende,
no razona.

Sola estoy, sola estaré,
mi deleite es ella,
mi amiga constante, impenetrable,
mi absoluta consorte,
la falla de mis días,
mi maestra preferida,
mi todo y mi nada,
más que nadie, mi mejor amiga.

2. A María José

Me quedo con lo bueno…
Me quedo con las risas, los dichos de abuelita
y las caídas.
Me quedo con los abrazos, los saludos a diario
y los hasta luego.
Me quedo con las segundas, las terceras y todas las
oportunidades posibles.

La conexión presente está, ni la distancia, ni los
años, ni el tiempo la borraron, la fortalecieron.
Me quedo con las enseñanzas, los aciertos
y los desaciertos.
Me quedo con lo bueno que aportas, lo que hablas
y expresas, y si aporte algo bueno desde el corazón
lo entrego.

Me quedo con el perdón y el arrepentimiento del
sincero, porque sanas vidas, almas, las hace más
ligeras, más libres al viento.
Me quedo con tus silencios, tus miedos y tus
sueños, pues alguna vez también fueron míos,
empatía le llaman, yo le llamo mi reflejo.
Me quedo con tus metas concretadas pues me

motivabas, esto que escribo es el resultado de ello,
tu felicidad y mi felicidad son primero, así no
puedan estar unidas.

Me quedo con el sublime recuerdo de tu sonrisa y
tu mirada, algún día me pertenecieron.

Me quedo con los lugares donde se nos
desbordaban las carcajadas, las comidas, los
mezcladores y las bebidas.

Me quedo con las ganas de conocer a tu mami, al
perro, al gato y hasta a tu sobrinita.

Me quedo pendiente de los pendientes, si es que
quedó alguno, si hay espacio para ellos.

Me quedo con lo bueno, con el tiempo, los
recuerdos se vuelven buenos, las almas sanas solo
recuerdan esos.

Me quedo con esos, los mejores son los que
quiero en mi mente.

Me quedo con las ganas del café, del brindis por
un nuevo trabajo y no sé cuántas celebraciones
más, en tu honor brindo por ellos.

Me quedo con las lecciones que le diste y que le
sigues dando a mi vida, le dabas luz a mis días.

Me quedo con un regalo nunca entregado, es lo
único que tengo de ti, sin haberte tenido.

Me quedo con las ganas de publicar las fotos,

los recuerdos, los momentos.

Me quedo con un feliz reencuentro, los emojis y las risas.

Me quedo con las ganas de prepararte tu comida favorita.

Me quedo con lo bueno, es lo único que tengo.

Microrrelatos en cuatro actos:
El destino de la Soledad

Por Hans Nicolaysen Sánchez

Acto 1

La Soledad decidió encarnar, pues estaba aburrida,
yacía en el mundo del purgatorio sin vida.
Ella perseguía a los que eran felices,
pues no solían generar berrinches.

Ella fascinada por el mundo humano,
un día decidió elevarse al mundano.
Tomando una forma sombría,
atravesó el umbral mientras llovía.

Lo único que veía era un demonio,
así que adoptó uno macedonio.
Así, con su fiel mascota,
desde entonces se transporta.

Cuando vio su nueva forma se aterró,
pensó que los demonios le huirían.

Así pues, decidió el destierro
para aquellos que le temían.
Sin más tardanzas emprendió su viaje,
tardó treinta días y treinta noches con su bagaje.
Pero por fin llegó al mundo humano,
donde lo primero que contempló fue un saturniano.

Perpleja de que aquel individuo estuviera aquí,
prefirió evitarlo detrás de un maniquí.
Sin embargo, la Soledad era curiosa,
"¡Qué cosa tan preciosa!".

Al hacer su exclamación, el Saturniano se enteró,
él volvió al maniquí y lo encerró.
La Soledad lo miraba aterrorizada,
el Saturniano la contemplaba vigorizada.

"¿Quién eres tú?", preguntó el Saturniano.
"Nadie", respondió la Soledad corriendo como un cartujano.
El Saturniano no entendía la prisa de la Soledad,
acomodó el maniquí con propiedad.

La Soledad se detuvo en una esquina,
el Saturniano estaba tras la neblina.

En esos lluviosos y fríos días,

la Soledad recordaba sus vidas tardías.

Se reprochaba el no haber subido antes

porque ella quería conocer las artes.

Milenarias artes conocía,

pero ninguna con cercanía.

El Saturniano alcanzó a la Soledad,

no podía entender por qué su veleidad.

Ella lo contempló un instante,

como si fuera un infante.

De dónde venía la Soledad,

los saturnianos se conocían por su falsedad.

Por ello, no se debían relacionar,

sin embargo, por su afán, ella lo quiso llevar.

"¿Qué necesito para ver a los humanos?",
preguntó.

El Saturniano impactado la trató.

"Para verlos de cerca debes cruzar".

Perpleja ella respondió: "¿Cómo se lo puedo dejar
al azar?".

"No será azar", contestó señalando al mar.

"No te estoy entendiendo", contempló la Soledad.

"Debes cruzar el mar para alcanzar al mortal", indicó sin dudar.

"Sígueme", dijo el Saturniano con frialdad.

La Soledad dudó,

y con su silencio el suspenso quedó.

El Saturniano le tendió la mano,

ella lo miró con extraño.

"¿No confías en mí?", señaló él.

"Definitivamente no", exclamó la Soledad.

"De dónde vengo, sabemos que ustedes no tienen piedad".

"¿De dónde vienes?", se preguntó aquel.

"En saturnianos no debemos confiar", dijo ella.

"Como veas, la indicación te dejé", obvió el Saturniano.

La Soledad temió y le tomó de la mano,

y observando la inmensidad del mar encontró una obra bella.

"Bien, si hay más paisajes así valdrá la pena", pensó.

Él movió sus manos hacia arriba,

ella para atrás se meció,

y admiró su habilidad nativa.

Una especie de barco salió a la superficie,
la Soledad dijo: "¡Qué curioso artífice!".
A la embarcación subió,
aquel singular dúo que el destino unió.

Acto 2

Después de navegar varias horas
por fin llegó el momento.
El Saturniano usaba unas calzas rotas.
"¿Ya me vas a decir quién eres?", dijo
malcontento.

Sonrojada la Soledad lo miró
y, con la mirada baja, titubeó:
"Vengo de muy lejos", y el mar admiró.
Atónito, el horizonte proyectó.

El Saturniano anunció: "Estamos cerca".
Ella se fijó, "esperemos que aparezca".
Él estaba un poco confundido,
pues ese tramo era concurrido.

Él no entendía por qué estaba así,
se sentía vigilado y estancado.
Susurró, "no entiendo si yo lo prendí",

y continuó "además, soy bienamado".

La Soledad perpleja gritó,

porque del agua una criatura brincó.

"¡Un protector!", exclamó él,

la criatura inmensa tomó el papel.

"¿Quién es ella, joven Saturniano?", indicó el Protector.

"Una amiga que viene de lejos", respondió.

El Protector refutó: "¿Acaso ahora eres colector?",

el Saturniano clamó: "Viene de muy lejos, pero me reconoció".

El Protector salió del agua y se postró,

la forma de un dragón se mostró.

La Soledad estaba aterrorizada,

pues el Saturniano la traía guiada.

Ella bien sabía que no debía confiar,

mucho menos en saturnianos.

El Protector infirió: "No estás cerca de tu hogar".

La Soledad dijo: "Venía a ver a los humanos".

El Protector exclamó: "Qué interesante,

hacía muchos siglos parecía cesante".

La Soledad preguntó: "¿Qué debía cesar?".

El Protector dijo: "Tu especie venía a fisgonear".

"No entiendo el mundo humano", proclamó ella,

"no se puede entender porque ni ellos entienden",
siguió,

con una sonrisa, el Protector señaló una estrella:

"Para entender hay que ver", indicó.

El Protector miró a la Soledad y preguntó:

"¿A qué vienes exactamente?",

"A ver arte… de humanos", ella proyectó.

El Saturniano aseguró que ella no miente.

"Puedes pasar, pero te debo advertir,

los humanos no son para divertir.

Cuídalos y obsérvalos,

pero no te atrevas a perturbarlos".

El Protector se esfumó en el instante,

solo quedó polvo deslumbrante.

"Salió bien", dijo el Saturniano,

"ellos casi nunca admiten al foráneo".

Continuaron navegando y conversando,

hablaron hasta que se hizo de día.

La Soledad no entendía lo que estaba pasando,

sensaciones extrañas era lo que tenía.

El Saturniano le contó que había caído en la Tierra,

y que había ido a la guerra.

Ella le preguntó cómo había conocido a los humanos,

y el Saturniano recordó a sus hermanos.

Uno de ellos, de un humano se enamoró,

pero este lo lastimó.

Otro de ellos, a un humano odió,

pero este por siempre lo amó.

La Soledad le explicó que ella no tenía amigos,

no tenía familia y no sabía exactamente de dónde venía.

Solo sabía que era la última de alguna especie,

por ello temía que se le desprecie.

El Saturniano dijo que de ellos tampoco quedaban muchos,

que con la explosión de Saturno todos se tornaron bruscos.

La Soledad lo miró con clemencia,

y él le sonrió con creencia.

Juntos continuaron por aquel inmenso mar,

y se enamoraron en un pasar.

La Soledad no conocía el amor,

por tanto, no supo controlar el clamor.

"Me siento extraña, como si tuviera algo en mi estómago".

Él respondió: "Serán mariposas que puso el mago".

"¿De cuál mago hablas tú?", ella preguntó.

"De aquel que te hace sentir amor", él auguró.

Sonrojada la Soledad se bufó,

pues solo eran leyendas lo que del amor ella juzgó.

Ella exclamó: "No sé de qué hablas".

El Saturniano contestó: "De que el amor te quita las palabras".

Ante el fulminante paisaje,

y la bella obra que la luna pintó sobre el andaje.

El Saturniano miró a la Soledad con delicadeza,

y solo pudo exaltar su belleza.

La Soledad nerviosa quitó la mirada,

a lo que el Saturniano la daba por enterada.

"¿Acaso te gusto?", señaló él.

"No lo sé", susurró ella en el panel.

El Saturniano se volvió hacia ella,

con una mirada de amor que la atropella.

Ella contemplaba bajo la luz de la luna sus labios,

que a su parecer eran andamios.

Andamios en los que podía deslizarse,

para construir un romance,

que no pudiera derrumbarse.

Pensar en ello los hacía retumbarse.

En ese momento ella se percató,

de que otra obra de arte encontró.

La hermosura del Saturniano

era una obra de arte de otro plano.

El Saturniano consumó el deseo,

y un profundo beso se vio un centelleo.

Y de aquel curioso dúo,

solo fue testigo un búho.

Acto 3

Finalmente cruzaron el mar,

y lo primero que encontraron fue su amar.

La Soledad no quería nada más,

solo pasar su eternidad bailando al compás.

Llegaron a un bosque,

que comenzaba el choque.

Aquel choque era un final y un comienzo,

que no permitía tropiezo.

El Saturniano le dijo a la Soledad:

"Aquí podrás saciar tu curiosidad.

Los humanos están del otro lado".

Ella respondió sin temor, "andando".

El Saturniano cruzó primero,

era una especie de puente con un jardinero.

La Soledad lo siguió sin dudarlo,

él dijo: "Al conejo hay que saludarlo".

Llegaron corriendo a una calle,

donde el conejo estaba esperando el detalle.

El Saturniano le dio una zanahoria y un saludo,

y la Soledad le dio un hilo muy agudo.

"¿Pretendes pasar con esto?", refunfuñó el conejo.

Ella indicó: "No tengo nada más, señor conejo".

El Conejo le dijo: "Creo que necesitas un consejo.

Si no saludas me quedo perplejo".

"¿Un acertijo?", se preguntó la Soledad,

el Saturniano le indicó que debía saludar con novedad.

Ella se devolvió unos pasos,

y corrió desde los campos.

"¡Un saludo, señor conejo!", gritó.

El conejo la miró de arriba a abajo y chistó:

"Qué vacío saludo, adelante",

dijo aberrante.

La pareja emocionada continuó,

y sobre la ciudad fluctuó.

La Soledad estaba muy feliz,

y él vio toda su atractriz.

Los íntimos amantes

recorrieron toda la ciudad andantes.

Vieron humanos de todo tipo,

iban riendo, llorando, gritando y hasta les dio hipo.

Pasaron los días, los meses y los años,

y el Saturniano cayó en varios engaños.

Ocultándose la verdad para evitar los regaños,

la Soledad sospechaba de los extraños.

Los amantes inmiscuidos en el mundo humano,
se olvidaron de su ultramundano.
La Soledad vio muchas obras de arte,
tantas que haz de afanarte.

Había perdido la cuenta,
pues cada día veía más de cincuenta.
El Saturniano siempre la protegía,
pues sabía que tocaba andar con vigía.

La Soledad alguna vez dijo
que con los saturnianos no se debía ser fijo,
porque ellos no eran para confiar,
pero el Saturniano sabía que se debía honrar.
El Saturniano conocía la verdad,
sabía que los humanos no eran deidad.
Temía por la seguridad de la Soledad,
así que de humanos evitó la variedad.

El amor que se tenían era demasiado fuerte,
pero el Saturniano no era tan clemente.
La Soledad sentía que él algo ocultaba,
así que silenciosos pasos daba.

Los años que llevaban juntos

eran tantos como los humanos injustos.

Por tal razón la Soledad,

a pesar de ser feliz, necesitaba una novedad.

Un día siguió al Saturniano,

para ver qué era lo que hacía en el mundo humano.

Él iba disfrazado,

aparentaba ser un descerebrado.

Ocultando sus ojos púrpuras,

andaba siguiendo brújulas.

La Soledad lo siguió,

hasta un infierno ella infirió.

Se topó con muchos tipos de humanos,

que ella nunca había conocido antes.

No tenían manos,

y algunos parecían tomates.

"Un momento", ella dilucidó,

"no son humanos".

Se fijó bien y exclamó: "¡Son saturnianos!".

No entendió por qué su amante le conspiró.

Acto 4

A la mañana siguiente
ella le preguntó renuente:
"¿A dónde fuiste anoche?".
Él curioso replicó: "A dar una vuelta en el coche".

Eufórica la Soledad señaló:
"¡No me mientas!", exclamó,
"sé que estabas con otros saturnianos,
¿qué hacen en el mundo de los humanos?".

El Saturniano tenía un nudo en la garganta,
pues ella con desgracia canta.
"Hay algo que no te he contado", suspiró él,
"es algo fuerte, tiene que ver con aquel".

"¿Cuál es aquel?", ella reclamó.
Sorprendido por su furia exclamó:
"No es solo uno, son varios, muy peligrosos,
que saben quiénes somos nosotros".

"Saben que no somos de este mundo,
y no quiero que sientas que te hundo",
suspiró en un clamor romántico.
Ella respondió: "Por eso estás tan ártico".

"Te amo, y no me puedo permitir perderte",
continuó él cedente.
La Soledad tenía un enigma,
con emociones que se multiplican como un
lepisma.

Ella le exigió que le contara,
quería saber la verdad así la cortara.
Él le explicó que eran humanos,
de los más mundanos.

Aquellos pretendían la eternidad
de la divinidad.
Y en su ignorancia pensaban,
que eran ellos los que la otorgaban.

Que ellos poseían un poder superior,
que venía del espacio exterior.
Saturno específicamente,
"¡ay, qué gente!".

"Tememos por nuestras vidas,
el púrpura de nuestros ojos tiene chispas.
Esas chispas son lo que ellos necesitan,
para evitar que se derritan".
"Los que viste anoche,

son los únicos saturnianos que tienen abroche,

aquí en la Tierra, los humanos son hostiles,

pero de donde nosotros venimos solo son viles".

Entonces, *ipso facto* empezó a temblar,

pues era un terremoto que hacía retumbar.

"Ya no nos queda tiempo", dijo él,

"tienes que huir y encontrar al corcel".

La Soledad gritó: "¡No, no te pienso dejar atrás!",

el retumbar se hacía escuchar más,

escombros cayeron del techo.

Ellos vivían en un lugar, que por el humano no
podía ser hecho.

"¡Ya nos encontraron!", auguró el Saturniano.

La Soledad sentía temor por el humano,

pues su larga estadía,

le permitió ver desgracia cada día.

El muro se derrumbó,

y el arte que la Soledad resguardaba allí se
vislumbró.

Brillaba como oro,

al fin y al cabo, el arte es un tesoro.

Los humanos sedientos de poder,

saquearon todo lo que podían ver.
El Saturniano y la Soledad se ocultaron,
estaban en un plano que conjuraron.

Aquel entorno era inestable,
así que necesitaba una energía considerable.
Además, los humanos lo podían percibir,
con esfuerzo, pero se lograba oír.

Después de que su líder los callara,
el silencio permitió que se escuchara.
Como el sonido de chispas se percibía,
una melodía que ocultaba la picardía.

El humano, que se notaba tenía experiencia,
disparó su arma sin ciencia.
La bala atravesó por el plano,
impactando al Saturniano.

La Soledad entró en llanto,
mientras el Saturniano cayó nefasto.
El plano se cerró,
y el humano se regocijó.
La Soledad tenía la habilidad de jugar con el sol,
manejaba sus rayos en la Tierra y se hacía invisible
con control.

Usó aquella habilidad para escapar del lugar,
mientras sus lágrimas se empezaban a fugar.

Ese día la Soledad perdió todo,
todo lo que la forjaba de algún modo.
El Saturniano, el amor y el arte
fue todo lo que perdió en ese instante.

La Soledad nunca jamás pudo volver a ser visible,
ni siquiera en la noche era admisible.
Las noches eran las más largas,
pues todas sus emociones eran dagas.

Se sentía devastada,
y estaba cansada.
Las tantas memorias con el Saturniano,
le hacían repudiar al humano.

Los odiaba por ser tan egoístas,
las artes de la Tierra las daban por desprovistas,
no entendían del amor o de la pasión,
y esa era la razón de su acción.

Los odiaba con todo su ser,
repudiaba todo lo que ellos pudieran hacer.

Jamás había sentido tanto
odio, dolor, desesperanza y desencanto.

Sin embargo, en un momento de lucidez,
recordó lo que dijo el Protector alguna vez:
"... Pero no te atrevas a perturbarlos".
Ella solo deseaba acabarlos.

Y con el rencor que tenía,
por haber pensado que el humano la merecía,
decidió romper aquel decir,
y juró que los iba a hacer sucumbir.

Desde entonces ella persigue a los humanos,
a aquellos que son nefastos,
a los ricos y a los pobres,
a todos sin restricciones.

Los posee siendo invisible,
y les hace pasar lo terrible.
Al entrar en ellos,
hace que se tiren de los cabellos.

Les hace sentir lo que ella vive.
Llanto, sufrimiento y desolación, ella sirve.

Su corazón se convierte en el de ella.
Se vincula a su alma, como el dolor de aquella.

Muchas leyendas surgieron de allí,
muchos sucesos pasaron por aquí,
pero esta historia confirma,
como la Soledad deja su firma.

Los humanos no conocen esta historia,
pero sí conocen el nombre de la discordia.
Le llaman soledad,
al sentimiento generado, por la misma sin piedad.

Siento

Por Angélica Restrepo Pérez

Tus palabras me llevan a la luz del sol,

tu boca una inmensidad.

Como amor cálido de verano nos escapamos en el
auto,

esa voz que añora la existencia

hace de tu recuerdo la sombra de mis versos.

Contigo todo camino era azul cielo,

porque ahora tu ausencia son huellas que generan
pensamientos.

Sin recuperarte, estás ahí, donde nadie te puede
ver, pero yo te puedo vivir.

Mírame

Por Diana Cristina Calle Castañeda

Sentada sobre un reloj de arena,

con los pies fracturados de tanto correr.

Escondida en una habitación de cuatro paredes,

con la vida empacada en bolsas plásticas y cajas de cartón.

Con los sueños en pausa,

haciéndole *flashback* a cada una de mis caídas.

¡Mírame bien!

Soy el silencio que esconde las historias que no te he contado,

las respuestas a las dudas que tanto te inquietan

y una cama de dos por dos compartida con un gato.

Mírame a los ojos y verás mi melancolía,

esa que he guardado en cada lágrima,

que me ha arrebatado la tristeza.

Acércate con sutileza,

me confieso altamente sensible.

He aprendido que amar no es lo mismo que ser
amado

y el amor es todo lo que la poesía me ha dejado.

Si quieres quedarte,

solo te pido una cosa:

mírame a los ojos,

¡mírame bien!

A veces me pierdo

y necesito a alguien

que me recuerde

quién soy.

Pornificación

Por Jeisson Perdomo

Hay algo llamado tú y que existe,
algo que prostituye los versos
que han petrificado mi cerebro.

Musa de carne y llena de alma que me
empequeñece,
hoy que tu cuerpo está aquí
ya no percibo.
Y en el acto sentir más de lo que eres,
no me es ahora posible.

Vísteme de carne y de colores sin cerebro.
—Te estoy engañando y tú te das cuenta, pero me
amas.
—Y tú eres tan inexistente, pero te amo.
Mente enferma llena de sexo y de gente que vende
perfección actuada,
es igual a la falta de afecto que necesito.

Observo

Por Daniel Rodríguez

Caigo en el pasto húmedo y sigo desconcertado,

están fríos mis dedos y ya no estás a mi lado.

Constantemente tu recuerdo rebota en mi cabeza,

tal como un juego de ping-pong; me doy vértigo
en la mesa.

Ojalá fuera una estatua y así no sentir tu partida.

¿A dónde has ido?, no sé, noto que es incierto
saber.

Dentro de poco la nostalgia del tic-tac me
persigue,

pero ahora quisiera tocar tu mirada de nuevo,

sin ti voy sin rumbo, pero me propongo ir a
buscarte.

Recién unas tiernas alas me contaron que te vieron

sobre una nube tocando libertad lejos de mí,

quizás mis manos las ocupo sosteniendo estas
páginas

y mi llanto pesa tanto que no puedo ir a abrazarte.

Cargo estas palabras que hoy llevan tu nombre
asaz tatuado,
lo lamento, solo así te siento en cada gota
próxima.
Entonces miro de cerca al espejo con la esperanza
de que tu reflejo aún esté en mis pupilas, pero no.

Siempre te vas, cada día te esfumas por la ventana,
yo te sigo hasta donde el vidrio me permite llegar
y me choco recordándome que hay más fuera de
aquí
y estas páginas te atan a dejar tus huellas en mí.

Por eso me canso y me siento a palpar tu silueta,
saboreo que tu cuerpo reposa sobre la madera
y tu cabello susurra como antes solía hacerlo.

Soledad inesperada

Por Flor Esperanza Saavedra Parra

Dialogando estoy con ella, me está robando la calma, invadiéndome por dentro,
se me está quemando el alma.

Está irrumpiendo mi cuerpo, transformando mi mirada.
Me atormentan los recuerdos, siento perder la esperanza.

La vida se torna gris,
no le encuentro sentido a nada, pierdo el interés,
por todo parece que se esfumara.

A menudo, los que amo parecen que se alejaran,
muchas veces no comprendo
es como si no encajara,
qué cruel eres, soledad, eres una desalmada.

Solo quiero que te marches y no regreses mañana,
pero sé que vas y vienes buscando nuevas moradas.

Qué gran confusión siento, como si algo me faltara.

¿Será que temo perderte y que no regreses mañana? Tienes mucho que enseñar,

ahora sé que no eres mala.

Me enseñaste a conocerme, de mi ser no sabía nada

y al buscar en el baúl de los recuerdos, encontré lo que buscaba.

Descubrí sueños y metas

que en la infancia planeaba e imaginaba, que con el pasar del tiempo

lentamente mi mente lo olvidaba.

Hoy le agradezco a la vida

por tu presencia, bella soledad amada, diste sentido a mis días,

me has devuelto la esperanza.

Ve y renueva nuevas vidas, dales alivio a sus nostalgias, mientras tanto esperaré por tu regreso mañana.

Corolaria melancolía

Por Sandra Gabriela Bohórquez Villamil

El centelleo de la luna
estrecha su cuerpo desnudo
y lo arropa en un embeleso eterno.

Los artilugios adornantes del cielo
iluminan su rostro,
resaltando su belleza
y la desolación de sus ojos.
Céfiro la acompaña y acaricia
sus mejillas en un toque suave.

El silencio a su alrededor
se entremezcla con el jolgorio en su mente
de almas exasperadas por su regreso.
Se aturde al acercarse al que la aclama
y ser alejada por el mismo.

Centra la mirada en su entorno
y no encuentra más
que un espacio desértico

aun siendo este un exuberante bosque.
Siente opresión en su alma
y al mirar su interior la encuentra
con una nube oscura,
cubriendo cada área de su ser.

Escucha el fuerte llamado de un hombre,
al que decide atender.
Su mirada triste y el lugar
inhóspito a su alrededor
le hacen comprender que su llegada
los hace miserables
y la aclamación hacia ella
es una mentira idealizada
por la anhelación de su despedida.

Soledad, me gusta, pero a veces duele

Por Yulieth Melissa Rodríguez López

¿Crees?

Soy tan ridícula y estúpida creyéndome todo lo que le permito a mi imaginación crear. ¿Cómo no lo veo?, ¿cómo no me doy cuenta? ¿Acaso eso es lo que soy?, ¿acaso eso es todo lo que valgo?, ¿es todo lo que merezco? Ser solo pequeños reflejos de mi ambigua imaginación. Valgo más que eso, merezco ser más que eso.

Solo estoy equivocada y confundida por todo lo que dejé divagar a mi tan colorida y martirizante imaginación. Quisiera arrancarme, rasgarme y deshacer ese sentimiento de mis entrañas. El dolor, la fragilidad y desesperanza que deja como sensación solo me hace desear ser arrancada, al ser sinónimo de debilidad. Me desequilibran y me hacen parecer desquiciada y al borde del colapso.

¿Crees que está bien sentirse así? Con pensamiento suicidas y macabros rondando por mi cabeza y buscando envenenar la poca cordura que aún creo poseer. ¿Crees que lo mejor que puedo hacer es dejar de existir?, ¿crees que mi lugar en esta tierra es tan insignificante como para tener la total seguridad en pensar que muchas personas sentirían alegría y tranquilidad por tu inexistencia?, ¿crees que la única y mejor solución es esa... dejar de existir?, pues no veo ni encuentro una solución a todos los sucesos que devastan en mi diario vivir, que día tras día me dejan a un filo del precipicio. Solamente me empujan y me empujan para ver que tanto puedo soportar... Regalándome una muerte segura, indolora, consciente y quizás muy deseada.

¿Crees que está bien pensar de esa forma?, sé que estoy desequilibrada, sé que poco a poco mi oscuridad me consume, sé que mis pensamientos aumentan mis deseos más peligrosos y no sé qué deba hacer al respecto.

En busca de mi lugar

Por muchos años el tema siempre salía a flote en alguna conversación de sueños y metas entre amigos y familiares.

Siempre sentí que no pertenecía a ese lugar, que no me pertenecía ahí, que mi lugar era en otro país lejos de todo y de todos, que tal vez en esa otra zona que tanto soñaba, anhelaba e idealizada era donde podría hacer realidad cada sueño y cada meta que mi corazón deseaba, quizás allí donde quería ir podría encontrar mi lugar, mi hogar, mi confort.

Por algún tiempo aquel sueño se vio nublado por muchos sucesos, un conjunto de malas decisiones me alejaban totalmente de hacer realidad el anhelo más profundo de mi corazón.

Uno de esos sucesos llegó a la puerta de mi vida en forma de amor, sí..., así como lo estás leyendo. Me enamoré perdidamente, sin darme cuenta y sin planearlo. Él llegó a mi vida un día para nada especial, un día de sol y juego, un día donde me reuniría con algunos amigos a practicar mi deporte favorito. Ese día pasó como una persona más que acaba de conocer y que para nada creí que llegaría a significar tanto para mí en algún punto de mi vida.

Ese día fue diversión, risas y mucho sudor, entre el juego también llegaban los chistes y las risas de cada cosa con la que salían... Ese día fue memorable, aunque no lo supe hasta que lo empecé a recordar de la manera en que lo hago hoy, fue el día que conocí al hombre al cual le dedicaría muchos años de mi vida, muchas experiencias y mucho aprendizaje.

Quiero y no tengo

A veces no sé cuál es el propósito de mi vida.

A veces no sé quién soy y ni cómo debería ser.

A veces solo cierro los ojos e imagino que todo está bien.

A veces quisiera desaparecer, para que así desaparezca este interminable dolor.

A veces solo deseo que todo salga bien, por una vez en mi puta vida todo esté bien.

A veces deseo ser todo lo que a veces imagino ser.

A veces quisiera sentirme amada, acompañada y apoyada.

A veces solo quiero que alguien me abrace y me diga que todo estará bien.

A veces solo quiero creer que soy tan fuerte como lo hago creer.

A veces solo quisiera sentir la seguridad de que siempre tendré a alguien a mi lado sin importar el qué. Solo y simplemente que se siente a mi lado escuchando mis sollozos sin preguntar qué pasa, si estoy bien, sin preguntar nada, solo ahí sentado acompañándome en mi peor momento… Da igual si es un amigo, un desconocido o mi pareja… Sí, esa que no necesito, pero quiero y no tengo.

A veces solo quiero eso, quiero sentir el apoyo que soy para las demás personas…, porque sé cómo se siente, cómo se vive el estar solo…, ser tú contra el mundo entero.

Soledad

La vida nos golpea fuerte y de manera constante, solo para enseñarnos el valor de la misma y lo fuerte que quiere que seamos.

Aprender a estar solo es una de sus enseñanzas, aprender a recibir la soledad con un cálido abrazo y mucho amor es como debería hacerse.

A la soledad la tienen por frívola, maldita e infernal. Todo aquel que no la valora, solo la deshonra.

Deshonrar es un horror, horror que debería ser castigado. Ella resplandece cuando le dan el lugar y valor que se merece, no importa cuantas veces burlarse de ella intenten.

Valor, valor es lo que se necesita en la transición de odio y amor cuando esta llega a tomar posesión de su rol.

Su posesión es inminente cuando la descubres. Descubrirla es una hazaña, es una aventura que pocos se aventuran.

Todo y nada

Estar triste es extraño.

Estar triste es sentir un vacío.

Estar triste es sentirse incapaz.

Estar triste es sentirse despreciable.

Estar triste es sentirse abandonado.

Estar triste es sentir que un remolino desbocado deja grandes agujeros en ti, dejándote con una sensación de falta de oxígeno que por más que tomes grandes bocanadas de aire no se llenará jamás.

Estar triste es sentirte perdido, estar en medio de la jungla entre leones y serpientes, muerto de miedo y desconcierto.

Estar triste es sentir que lo tienes todo y a la vez no tienes nada.

Estar triste es que querer estar solo, pero al mismo tiempo sentirte amado e importante en la vida de alguien.

Estar triste es un puto asco, a veces la vida es un asco.

Luces apagadas

Por Mariana Montenegro Barrera

Pasillo oscuro, infinito y largo,
con paredes blancas, mojadas de sudor;
la fobia más grande del corazón
se prolonga en las ventanas vacías,
en la morada del dueño abandonado.

Asiento vacío, padre que no llamó,
los ves cual espectador
esperando la mano que nunca bajó;
recorriendo por ti misma con tu aura fantasmal,
naciste sola y así morirás.
Soy la isla en medio del inmenso mar,
sin a donde moverse
ni en quien confiar.

Limando el diente
se carcome la conciencia,
con una gota severa
de soledad eterna,
desde el día en que en el valle

cuando se metió el sol ardiente,

la cueva de la espera

comenzó a contar las horas,

con velas de cumpleaños

se escribió en su propio brazo,

ya que nunca llegaron

los amigos al mantel.

Te levantas el fin de semana

esperando el olor a desayuno,

sorpresa grata, creo que es hora del ayuno;

gritos mudos, silencio fuerte,

encontré mi compañía en un espejo.

Quién aplaudirá cuando sepa volar

si el espacio vacío abunda en esta casa;

recuerdos sin personajes, solo protagonista,

carta sin respuesta, pastel individual,

desaparecieron las invitaciones, no llegó nadie.

Me lo prometiste mil veces, pero nunca apareciste.

Contra la corriente del olvido mis nudillos se deshacen,

corriendo contra el empolvo

del recuerdo vano y sano,

buscando en los rincones donde a nadie le importaba;

creo en la última esperanza de que me darán la espalda

y empujaré ese bloque del exilio

hasta que ya no pueda más.

(Des)apreciada soledad

Por Andrés Felipe Pinilla Baquero

(Des)apreciada soledad.

Inolvidable es tu existencia,

inherente eres a nuestra naturaleza,

aunque por muchos

desdeñada es tu presencia,

aun así eres la única,

¡la atrevida!, la dispuesta a demasiado

o, quizás, a nada

(si así lo deseas).

Sin espera y recompensa

yaces ante todos;

estás tendiéndonos las manos,

ofreciéndonos la ayuda

(que muchos rechazamos).

Dispones a la escucha,

de los gritos, lamentos,

secretos y arrepentimientos,

esos sepultados,

olvidados en lo más profundo de nuestras
cuencas.
Incluso para las ideas fatales
(pre)establecidas en las crisis existenciales,
sentimentales e incluso globales.

Aunque pintada de negro estás,
no todos te van a odiar,
algunos te aceptan,
otros te aman
como la dama de blanco
redentora de los males,
defectos impuestos por la sociedad
y creados en nuestro ser.

Nos ha permitido la evolución
de nuestra mente, de nuestro corazón
e incluso de la razón.
Impuesta o selecta,
impura o blanca,
siempre estás ahí,
eres nuestra
como nosotros tuyos.

En la soledad

Por Davison Ardila Zapata

Cuando llegó la noche
aprovechó para acercarse,
estaba oscuro,
la desolación y el silencio
aumentó el latir y el ritmo.
La luna exploró sus más íntimos secretos
y las más bellas expresiones de su verdad,
fui el testigo que presenció,
sintiendo la soledad.
Seduciendo con ganas locas,
sin eludir el instante que me alejó
de una caótica realidad.

Valoro su llegada,
desde las diferentes estaciones y vagones,
sin importar la ruta donde dirigimos la mirada
y emanan pensamientos sin contradicciones.
¡Un viaje sin fin!,
en el que recorrer mi cuerpo
es adentrarme en los lugares más asombrosos

e infinitos de nuestro ser.

También ella llegó con su locura cuerda a acogerse en mi piel,

conectando mis sentidos, ser a ser;

desbordados en una fuente vital,

enraizados a la luna.

Erige una sensación de encanto incontrolable,

no pude contenerme,

¡qué alegría!,

tenerle por un instante, prueba de que el amor existe,

es el mayor éxtasis de placer.

En la oscuridad pude sentir

pensamientos que rondaban en mí

aquella noche.

Acompañada siempre de ti, soledad

Por Laura Esperanza López Guarín

*Felicito a la vida por cada tropiezo en mi camino porque
gracias a ello he descubierto mi destino, he aprendido a
levantarme a un con heridas, he entendido que la vida no sería
igual si no existieran las caídas. Cuando logras levantarte tus
fuerzas están más que fortalecidas.*

*Te felicito a ti, mamita Juanita, por ser mi madre. A ti,
Sergio, por ser mi padre. A ustedes les debo todo, ustedes son
mi sangre, los amo.*

I

No existe peor soledad

que aquella acompañada,

porque en realidad no estás solo,

solo que no tienes nada.

No cuentas con aquellos abrazos

para sentirse respaldada,

ni con aquellas palabras

para sentirse apoyada,

ni con esas caricias

para sentirse amada,

ni con aquellos besos
que te pongan tu piel erizada,
besos que te hagan sentir apasionada,
que te estremezcan
y que puedas sentirse eternamente enamorada.

Esta es mi soledad, la que siento
porque sé que existes tú y a la vez nada,
a esto yo le llamo soledad acompañada.

Sé que estás ahí
porque puedo escuchar tu respiración,
pero me encuentro con un silencio
que me hace helar hasta mi corazón.

Sé que estás a mi lado
porque siento un poco tu calor,
pero con tanta indiferencia
me lleno de frío y hasta me invade el temor.

II

La soledad es conocerse uno muy bien,
saber de lo que eres capaz de hacer,
enfrentarse a lo que sea y de nadie depender,

porque crees en tus fuerzas

y también en tu poder,

porque enfrentas tus batallas

sin dejarse vencer.

Porque la vida es una lucha diaria

que debemos reconocer,

y teniéndolo bien claro

no nos permitimos desvanecer.

Porque al aceptar la realidad

encuentras la verdad

y también todo el poder que pueda implicar,

y no existirá soledad

que te haga fracasar.

La soledad es reencontrarse contigo mismo,

sin sentir tristezas,

ya que puedes descubrir tus capacidades y virtudes

y hasta tus más grandes fortalezas.

La soledad es un momento de reflexión

entre tu mente y tu corazón,

es aquel viaje de ida y de regreso

donde tomas tu mejor decisión,

donde puedes entrar y salir
porque conoces el camino
y sabes lo que quieres
y así decides tu destino.

III

La soledad es un sentimiento
para muchos llenos de tristeza,
pero para otros es la riqueza.

Porque disfrutas de su soledad,
porque la saben entender
y necesitan de ella
para el mundo recorrer.

Porque en la más grande soledad
descubrimos nuestras capacidades,
porque, aunque existan maldades,
nuestro corazón sabe de bondades.

Para algunos la soledad
es una necesidad,
porque en ella encuentras una cualidad,
que el amor debe ser libertad.

La soledad quizás sea la ausencia de cariño
o tal vez del amor,
pero no permitas que tu corazón
se llene o se ahogue en el dolor.
La soledad es una puerta abierta
donde no todos pueden entrar,
porque algunos son débiles de carácter
y no sabrán cómo regresar.

IV

La soledad es aquel vacío
que te penetra hasta el alma
y, aunque estés acompañado,
ya no encuentras aquella calma.

Tengo un corazón melancólico
y eso a veces me hace sentimental,
y de vez en cuando me entretengo con la soledad
porque en mi vida es fundamental.

La soledad me abraza
y en sus brazos siento su cariño,
ella me conoce tanto
que sabe que en mi interior
sigo siendo como un niño.

La soledad y yo somos muy buenas amigas,
ella es mi mayor consejera,
sin ella no caminaría por la vida,
ella es mi barraquera.

Me he acostumbrado
a disfrutar de mi soledad,
a acobijarme con ella,
a hacerla mi realidad.

Tanto que no sé si exista algo más,
algo más entretenido para mí,
algo con más adrenalina
que le dé más sentido a mi vivir.

Vinimos solos al mundo
y solos nos tenemos que morir,
para qué aferrarse a alguien,
mejor viva la vida y disfrute el existir.

V

El remedio para la soledad
es enamorarse de Dios
porque Él nunca te fallará,

nunca te abandonará,

siempre te bendecirá,

te acompañará

y más nunca en soledad estarás.

Si tú te caes, Él te levantará.

Si tú lloras, te consolará.

Si te ve sufrir, te hará reír.

Si te ve en soledad, te acompañará.

Si te ve afligido, te hará gozar.

Porque Dios es fiel y bueno,

y en Él puedes confiar.

El vacío de sentirse ausente

Por Jorge Andrés Beetar Carrero

Cómo expresar el vacío de sentirse ausente, cómo acallar la voz interior que acrecienta la solitud y la vuelve protagonista de tu propio destino, esa misma voz que mediante un ronroneo continuo te recuerda realidades que prefieres no afrontar, cómo ilumino la consciencia para dejar pasar los pensamientos que me impiden retomar las riendas de mi existencia.

Qué camino necesito andar para vivir en armonía con mi soledad, para abrazar el amor propio de sentirme yo mismo suficiente. Cuándo acallarán los ruidos del inconformismo presente, del esperar futuro, de hacerme partícipe de mi presente y del despertar de mi consciencia, ese despertar que me permita entender que la carencia de compañía no se traduce en la soledad de mi presencia.